NEGRO COMO EL MAR

MARY HIGGINS CLARK

NEGRO COMO EL MAR

Traducción de
Nieves Nueno

PLAZA JANÉS

Papel certificado por el Forest Stewardship Council®

Título original: *All By Myself, Alone*
Primera edición: enero de 2018

Printed in Spain – Impreso en España

ISBN: 978-84-01-02042-1
Depósito legal: B-22.918-2017

Compuesto en Comptex & Ass., S. L.

Impreso en Liberdúplex
Sant Llorenç d'Hortons (Barcelona)

L020421

Penguin
Random House
Grupo Editorial

En memoria de mi madre y mi padre,
Luke y Nora Higgins,
y de mis hermanos, Joseph y John,
con amor

Agradecimientos

El crucero *Queen Charlotte* se dispone a levar anclas. Espero que todos mis lectores disfruten del viaje.

Una vez más es el momento de expresar mi profundo agradecimiento a Michael Korda, mi editor desde hace más de cuarenta años. Ha sido, como siempre, imprescindible. Fue él quien me sugirió que ambientase este relato en un crucero, y me guio a lo largo del proceso.

Gracias a Marysue Rucci, jefa de redacción de Simon & Schuster, por sus sabios y creativos consejos.

Mi gratitud a mi extraordinario marido, John Conheeney, que me escucha comprensivo cuando estoy inmersa en el proceso de escritura. Me quito el sombrero ante mis hijos y nietos, que no dejan de animarme y apoyarme.

Una nota especial de agradecimiento a mi hijo Dave, por su labor de documentación y su apoyo editorial.

Gracias a un joyero que vale su peso en oro, Arthur Groom, por dedicar su tiempo a guiarme por el maravilloso mundo de las piedras preciosas.

Muchas gracias a Jim Walker, abogado del almirantazgo, que me dio ideas sobre la posible reacción de los responsables del barco ante las situaciones de emergencia a bordo.

Gracias al exagente especial del FBI Wes Rigler por sus útiles consejos.

No puedo dejar de honrar la memoria de Emily Post, experta en vida social, que nos ofreció una encantadora visión sobre los usos y costumbres de hace cien años.

Y por último, aunque desde luego no menos importante, gracias a mis queridos lectores. Agradezco vuestro apoyo constante desde el fondo de mi corazón.

Con mis mejores deseos,

Mary

Día 1

1

El magnífico crucero *Queen Charlotte* estaba listo para comenzar su viaje inaugural desde el atracadero del río Hudson. Muchos comparaban aquel barco, considerado la quintaesencia del lujo, con el primer *Queen Mary* e incluso con el *Titanic*, el no va más de la opulencia hacía cien años.

Uno a uno, los pasajeros subieron a bordo, se registraron y fueron invitados al Gran Salón, donde camareros con guantes blancos les ofrecieron una copa de champán. Cuando embarcó el último huésped, el capitán Fairfax pronunció unas palabras de bienvenida.

—Les prometemos el viaje más elegante que jamás hayan disfrutado ni disfrutarán —aseguró con un acento británico que añadía aún más brillo a sus palabras—. Verán que sus suites se han amueblado según la tradición de los transatlánticos más espléndidos de antaño. El *Queen Charlotte* fue construido para alojar exactamente a cien huéspedes. Los ochenta y cinco miembros de la tripulación están para servirles en cuanto necesiten. Les ofreceremos espectáculos dignos de Broadway, el Carnegie Hall y la Metropolitan Opera. Se celebrarán conferencias muy diversas en las que los oradores serán novelistas famosos, antiguos diplomáticos, expertos en Shakespeare y en gemología.

»Los mejores chefs del mundo elaborarán creaciones culinarias con productos traídos directamente del campo a la mesa. Y ya sabemos que un crucero da mucha sed. Para resolver el problema, sumilleres reputados organizarán una serie de catas de vino. De acuerdo con el espíritu de este crucero, un día se celebrará una conferencia sobre el libro de Emily Post, legendaria experta en la vida social de hace un siglo que nos iluminará acerca de las encantadoras costumbres del pasado. Estas son solo algunas de las numerosas actividades que les ofrecemos.

»Para terminar, los menús se han elaborado con recetas de los mejores cocineros. Una vez más, les doy la bienvenida al que será su nuevo hogar durante los próximos días.

»Y ahora quiero presentarles a Gregory Morrison, el armador del *Queen Charlotte*. Él quiso que este barco fuese perfecto en todos sus detalles, y gracias a ello disfrutarán del crucero más lujoso que existe.

Gregory Morrison, un hombre robusto, de rostro rubicundo y pelo canoso, dio un paso adelante.

—Bienvenidos a bordo. Hoy se hace realidad el deseo del muchacho que era yo hace más de cincuenta años. Acompañaba a mi padre, capitán de un remolcador, mientras ayudaba a entrar y salir del puerto de Nueva York a los cruceros más espléndidos de su época. A decir verdad, mientras mi padre miraba hacia delante, yo volvía la vista y contemplaba pasmado los espectaculares cruceros que surcaban con elegancia las grises aguas del río Hudson. Ya entonces, hace tanto tiempo, supe que algún día construiría un barco aún más impresionante que aquellos que tanto admiraba. El *Queen Charlotte*, con toda su majestuosidad, es mi sueño hecho realidad. Tanto si van a pasar cinco días con nosotros hasta llegar a Southampton, como si se quedan noventa días para dar la vuelta al mundo, espero que la jornada de hoy marque el comienzo de una experiencia que nunca olvidarán. —Tras alzar su copa, añadió—: Leven anclas.

Se oyeron unos cuantos aplausos y, a continuación, los pasajeros se volvieron hacia sus compañeros más cercanos para iniciar una charla trivial. Alvirah y Willy Meehan, que celebraban su cuadragésimo quinto aniversario de boda, disfrutaban de su gran fortuna. Antes de que les tocara la lotería, ella limpiaba casas y él reparaba inodoros desbordados y cañerías rotas.

Ted Cavanaugh, de treinta y cuatro años, aceptó una copa de champán y miró a su alrededor. Reconoció a algunos de los presentes: los presidentes de General Electric y Goldman Sachs y varias parejas famosas de Hollywood.

—¿No estará usted emparentado con el embajador Mark Cavanaugh? —preguntó una voz a su lado—. Guarda un parecido asombroso con él.

—Sí. —Ted sonrió—. Soy su hijo.

—Sabía que no me equivocaba. Permita que me presente. Soy Charles Chillingsworth.

Ted reconoció el nombre del embajador en Francia, ya retirado.

—De jóvenes, su padre y yo trabajamos juntos como agregados —le explicó Chillingsworth—. Todas las chicas del consulado estaban enamoradas de él. Yo le decía que nadie merecía ser tan guapo. Si no recuerdo mal, ocupó el cargo de embajador en Egipto para dos presidentes y luego se trasladó al Reino Unido.

—Así es —confirmó Ted—. A mi padre lo fascinaba Egipto. Y yo comparto su pasión. De pequeño pasé muchos años allí. Nos trasladamos a Londres cuando lo nombraron embajador en Gran Bretaña.

—¿Ha seguido usted sus pasos?

—No. Soy abogado, pero me dedico sobre todo a recuperar antigüedades y objetos robados en sus países de origen.

No dijo que la razón concreta por la que hacía ese viaje era entrevistarse con lady Emily Haywood y convencerla para que devolviese el famoso collar de esmeraldas de Cleopatra a su legítimo propietario, el pueblo de Egipto.

El profesor Henry Longworth no pudo evitar escuchar la conversación y, con ojos chispeantes de interés, se acercó un poco más para no perderse una palabra. Como reconocido experto en Shakespeare, lo habían invitado a bordo para que impartiese una de sus reconocidas conferencias, en las que siempre recitaba algunos pasajes que hacían las delicias del público. Longworth, de estatura media y con poco pelo, tenía algo más de sesenta años y era un orador muy apreciado en cruceros y universidades.

Devon Michaelson permanecía un tanto apartado de los demás huéspedes. No necesitaba ni deseaba la charla banal que constituía el resultado inevitable de un primer encuentro entre extraños. Como el profesor Longworth, acababa de cruzar la frontera de los sesenta años y no destacaba por su altura ni por sus rasgos faciales.

También estaba sola Celia Kilbride, de veintiocho años. Su elevada estatura, su cabello negro y sus ojos azul zafiro atraían las miradas de admiración de los demás pasajeros. Sin embargo, la joven no parecía darse cuenta y, de haberlo hecho, tampoco le habría importado.

La primera escala del viaje alrededor del mundo sería Southampton, Inglaterra, donde ella desembarcaría. Al igual que el profesor Longworth, viajaba en calidad de conferenciante invitada. Era gemóloga, y el tema de su ponencia sería algunas de las joyas más famosas de la historia.

La pasajera más eufórica de la sala era Anna DeMille, una divorciada de Kansas de cincuenta y seis años que había ganado el viaje en un sorteo patrocinado por la parroquia. Su pelo y sus cejas teñidas de negro destacaban en un rostro y un cuerpo muy delgados. Rezaba para tener la oportunidad de conocer a su hombre ideal. ¿Por qué no?, se preguntaba. Gané el sorteo. Puede que este sea mi año. Por fin.

A sus ochenta y seis años, lady Emily Haywood, famosa por su riqueza y filantropía, se encontraba rodeada de sus invitados: Brenda Martin, que llevaba veinte años siendo su fiel asistente y compañera; Roger Pearson, su albacea y gestor de inversiones, y la esposa de este, Yvonne.

En una entrevista, lady Emily había declarado que pensaba llevar al crucero el legendario collar de esmeraldas de Cleopatra y lucirlo en público por primera vez.

Cuando los pasajeros empezaron a dispersarse, deseándose mutuamente buen viaje, no podían imaginar que al menos uno de ellos no llegaría vivo a Southampton.

2

En lugar de retirarse a su camarote, Celia Kilbride se quedó junto a la barandilla del buque y contempló cómo la estatua de la Libertad iba quedando atrás. Pasaría menos de una semana en el barco, pero era tiempo suficiente para alejarse de la gran cobertura mediática que había supuesto el arresto de Steven durante la cena de ensayo de la boda, veinticuatro horas antes de la ceremonia. ¿De verdad habían transcurrido solo cuatro semanas?

Estaban brindando cuando los agentes del FBI entraron en el comedor privado del 21 Club. El fotógrafo les había hecho una foto juntos y otra con un primer plano del anillo de compromiso de cinco quilates que Celia lucía en el dedo.

Steven Thorne, guapo, ingenioso y encantador, había engañado a los amigos de ella para que invirtiesen en un fondo de alto riesgo creado solo para su propio beneficio y para financiar su fastuoso estilo de vida. Menos mal que lo detuvieron antes de que nos casáramos, pensó Celia mientras el barco se adentraba en el Atlántico. Menos mal.

Estaba convencida de que buena parte de la vida depende del azar. Poco después de la muerte de su padre, dos años atrás, Celia asistió en Londres a un seminario de gemología. Carruthers Jewelers le regaló un billete de avión en primera clase. Era la primera vez que no viajaba en turista.

Saboreaba la copa de vino de cortesía en su asiento del avión de regreso a Nueva York cuando un hombre muy bien vestido colocó su maletín en el compartimiento para el equipaje de mano y se deslizó en el asiento contiguo.

—Soy Steven Thorne —se presentó con una cálida sonrisa, tendiéndole la mano. Le contó que volvía a casa tras asistir a una conferencia financiera. Para cuando aterrizaron, Celia había aceptado cenar con él.

Sacudió la cabeza. ¿Cómo había podido ella, una gemóloga capaz de encontrar un defecto en cualquier piedra preciosa, juzgar tan mal a un ser humano? Inspiró hondo, y el maravilloso aroma del océano penetró en sus pulmones. Se prometió a sí misma dejar de pensar en Steven. Sin embargo, era difícil olvidar cuántos de sus amigos habían invertido un dinero que no les sobraba en absoluto solo porque ella les había presentado a Steven. Tuvo que declarar ante el FBI. Quizá pensaran que estaba implicada en la estafa, a pesar de que ella también había invertido su propio dinero.

Celia esperaba no conocer a ninguno de los demás pasajeros, pero la noticia de que lady Emily Haywood estaría en el barco se había difundido ampliamente. La aristócrata llevaba con frecuencia piezas de su vasta colección de joyas a Carruthers, en la Quinta Avenida, para su limpieza o reparación, e insistía en que Celia comprobase cada una de ellas por si presentaban mellas o arañazos. Siempre la acompañaba su asistente, Brenda Martin. También reconoció a Willy Meehan, aquel tipo simpático que acudió para comprar un anillo para su esposa, Alvirah, en su cuadragésimo quinto aniversario de boda, y que le contó con pelos y señales cómo les habían tocado cuarenta millones de dólares en la lotería.

Sin embargo, con tantas personas en el barco no debería ser difícil disponer de tiempo para estar a solas, aparte de las dos conferencias y de una sesión de preguntas y respuestas. Había dado varias charlas en buques de Castle Lines. En cada ocasión, el agente encargado de las actividades de entretenimiento le dijo que los pasajeros la habían votado como la oradora más interesante. Solo una semana antes la había telefoneado para invitarla a sustituir a un ponente que se había puesto enfermo a última hora.

La ocasión de alejarse de la compasión de algunos amigos y del resentimiento de los que habían perdido su dinero le había llegado como caída del cielo. Cuánto me alegro de estar aquí, pensó mientras se volvía y bajaba a su camarote.

Como cada centímetro cuadrado del *Queen Charlotte*, la suite exquisitamente amueblada se había diseñado con una meticulosa atención a los detalles. Constaba de sala de estar, dormitorio y un baño. Los armarios eran muy espaciosos, a diferencia de los barcos más viejos en los que había viajado, donde las suites más sencillas tenían la mitad de ese tamaño. La puerta se abría a un balcón en el que podía sentarse si le apetecía disfrutar de la brisa del océano en soledad.

Sintió la tentación de salir a la pequeña terraza en ese momento, pero decidió deshacer primero la maleta e instalarse. Daría su primera conferencia al día siguiente por la tarde y quería repasar sus notas. El tema era la historia de varias gemas raras, empezando por las civilizaciones antiguas.

Sonó su teléfono. Lo cogió y escuchó una voz familiar al otro extremo de la línea. Era Steven, que había salido bajo fianza antes del juicio.

—Celia, puedo explicártelo —empezó.

Colgó y estampó el móvil contra la mesa. Solo con oír aquella voz se sentía invadida por la vergüenza. Soy capaz de detectar el menor defecto en cualquier gema, volvió a pensar con amargura.

Tragó saliva para deshacer el nudo que tenía en la garganta y, con un gesto impaciente, se enjugó las lágrimas que asomaban a sus ojos.

3

Lady Emily Haywood, conocida por todos como Lady Em, permanecía sentada con la espalda recta en una bonita butaca de la suite más cara del barco. Era una mujer extremadamente delgada, con una abundante cabellera de un blanco puro y un rostro arrugado que aún conservaba signos de belleza. Resultaba fácil imaginarla como la deslumbrante primera bailarina norteamericana que conquistó a los veinte años el corazón de sir Richard Haywood, el famoso y rico explorador británico de cuarenta y seis años.

Suspiró y miró a su alrededor. Desde luego, vale lo que he pagado, decidió. El salón de la suite, donde se encontraba, contaba con un enorme televisor colgado encima de la chimenea, alfombras persas, sofás tapizados en oro pálido en los extremos de la habitación, sillas dispuestas para hacer contraste, mesitas auxiliares antiguas y una barra de bar. La suite disponía además de un dormitorio muy amplio y un baño con ducha de vapor, bañera de hidromasaje, calefacción de suelo radiante y exquisitos mosaicos de mármol adornando las paredes. Las puertas del dormitorio y del salón daban a un balcón privado. El frigorífico estaba provisto de los aperitivos que ella había escogido.

Lady Em sonrió. Había traído algunas de sus mejores joyas para lucirlas en el barco. Al tratarse del viaje inaugural, habría muchas celebridades a bordo, y quería eclipsarlas a todas. Tras reservar plaza en el crucero había declarado que, para no desentonar en tan lujoso entorno, pensaba ponerse el fabuloso collar de esmeraldas que, según se afirmaba, había pertenecido a Cleopatra. Había decidido donarlo al Instituto Smithsonian después del viaje. Su valor era incalculable y, puesto que no tenía parientes que le importaran de verdad, ¿a quién iba a dejárselo en herencia? El gobierno egipcio no cejaba en sus intentos de recuperarlo, afirmando que procedía de una tumba saqueada. Que se disputen mi collar con el Smithsonian, decidió. Este crucero será la primera y última vez que lo disfrute.

La puerta del dormitorio se hallaba ligeramente abierta, por lo que podía oír a Brenda, su asistente, moviéndose por la habitación mientras deshacía el baúl de viaje y las maletas con la ropa que la propia Lady Em había escogido de entre su amplio vestuario. Solo Brenda tenía permiso para tocar las posesiones de su señora. Ningún mayordomo ni criado estaba autorizado a hacerlo.

¿Qué haría sin ella?, se preguntó. ¡Se adelanta a mis deseos y necesidades antes de que sea siquiera consciente de tenerlos! Espero que sus veinte años de dedicación a mi persona no le hayan costado la oportunidad de tener su propia vida.

Su asesor financiero y albacea testamentario, Roger Pearson, era harina de otro costal. Lo había invitado al crucero junto a su esposa, y apreciaba su compañía. Lo conocía desde que era niño, ya que su abuelo y su padre habían sido sus asesores financieros de confianza.

Sin embargo, hacía una semana que se había encontrado con un viejo amigo, Winthrop Hollows, al que hacía años que no veía. Como ella, había sido cliente de la firma de contabilidad de Pearson.

—Debes saber que no es igual que su abuelo o su padre

—le aseguró después de preguntarle si seguía recurriendo a los servicios de Roger—. Te recomiendo que encargues a otra firma una revisión a conciencia de tus finanzas.

Cuando le exigió una explicación, Winthrop se negó a decirle nada más.

Oyó unas pisadas y se abrió la puerta del dormitorio. Brenda Martin entró en el salón. Era una mujer corpulenta, más musculosa que obesa. Tenía sesenta años, pero el corte poco favorecedor de su pelo canoso le hacía aparentar más edad. Su cara redonda aparecía limpia de un maquillaje que no le habría venido nada mal. Ese rostro adoptó una expresión de inquietud.

—Lady Em —empezó a decir con timidez—, tiene usted el ceño fruncido. ¿Hay algún problema?

Ten cuidado, se recordó a sí misma. No quiero que sepa que estoy preocupada por Roger.

—¿Tengo el ceño fruncido? —preguntó—. Pues no sé por qué.

El rostro de Brenda expresó un profundo alivio.

—¡Me alegro mucho de que nada le preocupe! Quiero que disfrute de cada momento de este viaje maravilloso. ¿Quiere que llame y pida el té?

—Eso sería estupendo —convino Lady Em—. Me interesa mucho asistir a la conferencia que Celia Kilbride dará mañana. Es increíble que una mujer tan joven sepa tanto sobre joyas. Y creo que le hablaré de la maldición del collar de Cleopatra.

—Creo que nunca me ha hablado de ella.

Lady Em soltó una risita.

—Octavio, hijo adoptivo y heredero de César, hizo prisionera a Cleopatra. Ella sabía que pensaba llevarla cautiva a Roma en su barcaza y que había ordenado que luciese el collar de esmeraldas durante el viaje. Antes de suicidarse, la emperatriz ordenó que le llevasen el collar y lanzó una maldición sobre él: «Quien lleve este collar al mar no vivirá para alcanzar la orilla».

—¡Qué historia tan terrible! —Brenda suspiró—. ¡Quizá sea mejor que guarde el collar en la caja fuerte!

—¡Ni hablar! —replicó Lady Em en tono tajante—. Ahora vamos a pedir el té.

4

Roger Pearson y su esposa, Yvonne, estaban tomando el té de media tarde en su suite del *Queen Charlotte*. Roger, muy corpulento, con un pelo castaño claro cada vez más escaso y unos ojos que se arrugaban cuando sonreía, era sociable y extrovertido, la clase de persona en cuya presencia se sentía a gusto todo el mundo. Solo él se atrevía a bromear con Lady Em en cuestiones de política. La dama era una ardiente republicana; él, un demócrata igual de apasionado.

Estudiaba con Yvonne la lista de actividades prevista para el día siguiente. Al ver que Celia Kilbride impartiría su conferencia a las dos y media, la mujer enarcó las cejas.

—¿No es la que trabaja en la joyería Carruthers, la que se ha visto implicada en ese fraude del fondo de inversión?

—Ese estafador de Thorne está intentando arrastrarla a ella —replicó Roger con indiferencia.

Yvonne frunció el ceño.

—Eso he oído —reflexionó—. Cuando Lady Em lleva sus joyas a recomponer o reparar, siempre habla con Celia Kilbride. Me lo contó Brenda.

Roger volvió la cabeza para mirarla.

—Entonces ¿Kilbride trabaja allí como dependienta?

—Es mucho más que eso. Leí un artículo sobre ella. Está considerada como una de las mejores gemólogas y viaja por el mundo seleccionando piedras preciosas para Carruthers. Da conferencias en barcos como este para que la gente con pasta se interese por las joyas caras e invierta en ellas.

—Debe de ser muy lista —comentó Roger, y dedicó su atención al televisor.

Yvonne lo observó. Como ocurría siempre que estaban solos, Roger había dejado a un lado su actitud de tipo simpático y prácticamente la ignoraba.

Ella dio otro sorbo de té y alargó el brazo hacia un delicado sándwich de pepino. Se dedicó a pensar en el conjunto que llevaría esa noche: una nueva chaqueta de cachemir estampada en blanco y negro y unos pantalones negros, todo de Escada. Los parches de cuero de los codos le proporcionaban la imagen deportiva que exigía el código de vestimenta para esa velada.

Era consciente de que no aparentaba cuarenta y tres años. Le habría gustado ser más alta, pero poseía una figura esbelta. Además, la peluquera había conseguido el tono exacto de rubio que ella quería. La última vez le quedó demasiado dorado.

El aspecto físico era muy importante para Yvonne, al igual que el nivel social, el apartamento en Park Avenue y la casa en los Hamptons. Se aburría profundamente con Roger desde hacía mucho tiempo, pero le encantaba la vida que llevaban. No tenían hijos, y su marido no estaba obligado a correr con los gastos universitarios de sus tres sobrinos, hijos de una hermana viuda. Hacía años que Yvonne y su cuñada no se llevaban bien, pero sospechaba que Roger les pagaba las facturas de la universidad de todos modos.

Siempre y cuando eso no interfiera con mis deseos, reflexionó mientras se acababa el sándwich de pepino y vaciaba su taza de té.

5

—Esto es demasiado caro, Willy, aunque sea nuestro cuadragésimo quinto aniversario de boda —protestó Alvirah paseando la mirada por la suite que su marido había reservado para la ocasión.

A pesar de sus protestas, podía percibir la ilusión en la voz de su esposa. Él estaba en la sala de estar, descorchando la botella de champán que se enfriaba en una cubitera de plata. Mientras la abría, contempló los espejos de la pared y, en el exterior, las azules aguas del Atlántico.

—No necesitábamos una habitación con balcón propio. Habríamos podido salir a cubierta para mirar el agua y sentir la brisa.

Willy sonrió.

—Cariño, seguro que en este barco cada suite dispone de su propio balcón.

Alvirah, que había entrado en el baño del dormitorio, estuvo a punto de gritar.

—Willy, ¿puedes creértelo? Hay una tele empotrada en el espejo del tocador. Todo esto tiene que costar una fortuna.

Él sonrió con indulgencia.

—Cariño, desde hace cinco años recibimos dos millones de dólares anuales brutos, y además ganas dinero escribiendo para el *Globe*.

—Lo sé —dijo Alvirah con un suspiro—, pero preferiría utilizar el dinero para hacer donaciones a buenas causas. Ya sabes que al que mucho se le da mucho se le reclamará.

Ay, madre, pensó Willy. ¿Qué dirá esta noche cuando le regale el anillo?

Decidió darle una pista.

—Cariño, nada me hace más feliz que celebrar nuestra vida juntos. Si no dejas que te demuestre lo dichoso que he sido contigo durante cuarenta y cinco años, me pondré muy triste. Y hay algo más que te daré esta noche. Me dolería mucho que no lo aceptaras.

Hablas como un político, se dijo.

Alvirah parecía muy afectada.

—Lo siento mucho, Willy. Claro que me alegro de estar aquí. ¿Sabes? Fuiste tú quien decidió comprar el billete de lotería aquel día. Yo dije que nos podíamos haber ahorrado el dólar que costaba. Estoy encantada de estar aquí y recibiré con ilusión todo lo que quieras regalarme.

Estaban en la puerta del balcón, admirando las vistas del océano. Willy le pasó el brazo por los hombros.

—Eso está mejor, cariño. Durante la próxima semana vamos a disfrutar cada minuto de cada día.

—Por supuesto que sí —convino Alvirah.

—Además, estás preciosa.

Otro gasto, pensó Alvirah. Su peluquera de siempre estaba de vacaciones, así que se había teñido el pelo en un salón carísimo que le había recomendado su amiga la baronesa Von Schreiber, propietaria del balneario Cypress Point, donde habían acudido justo después de que les tocase la lotería. Debería haberme imaginado que Min solo podía aconsejarme un sitio como ese, rezongó, aunque tenía que reconocer que habían conseguido el suave tono rojizo que más le gustaba. Además, *monsieur* Leopoldo le había hecho un peinado muy favorecedor. Y, por si eso fuera poco, había perdido siete kilos desde Navidad y podía volver a ponerse la bonita ropa que Min escogió para ella dos años atrás.

Willy la abrazó.

—Cariño, es agradable saber que, después de viajar en un barco como este, solo podrás escribir sobre la vida despreocupada de los cruceros en tu próxima columna.

Sin embargo, mientras lo decía, tuvo la desalentadora sensación de que las cosas no serían así. Nunca lo eran.

6

Raymond Broad, el mayordomo asignado a la suite de Lady Em, entró con una bandeja para retirar los restos del té. La había visto salir seguida de su asistente, seguramente en dirección al salón de cócteles de la séptima planta.

Solo los que tienen la cartera llena pueden permitirse estar ahí arriba, meditó. La clase de gente que más me gusta. Con gesto experto, el mayordomo colocó en la bandeja el servicio de té y los sándwiches y pastas sobrantes.

A continuación, entró en el dormitorio y miró a su alrededor. Abrió los cajones de las mesillas de noche. Muchas veces, los ricos se limitaban a dejar allí sus joyas en lugar de molestarse en ir hasta la caja fuerte del armario.

Y también solían ser descuidados con el dinero. Si alguien dejaba una cartera muy abultada en uno de los cajones, al final del viaje no echaría de menos un par de cientos de dólares. No se tomaban la molestia de contarlos.

Raymond era muy prudente, de modo que nadie había sospechado nada en los diez años que llevaba trabajando para Castle Lines. Y ¿qué tenía de malo ganar un dinerillo extra filtrando a la prensa rosa chismes jugosos sobre los caprichos de los famosos? Todo el mundo lo consideraba un mayordomo excelente.

Regresó al salón, recogió la bandeja y abandonó la suite.

Al abrir la puerta, borró de su rostro la sonrisa de satisfacción que siempre tenía después de cometer sus fechorías. Con su uniforme elegante y su pelo negro, cada vez más escaso y pulcramente repartido sobre su calva, adoptó una expresión solemne y servil por si se cruzaba con algún huésped en el pasillo.

7

El profesor Henry Longworth comprobó su pajarita para asegurarse de que la llevaba bien colocada. Aunque esa noche el código de vestimenta era informal, no le apetecía ponerse un polo. Sencillamente, no le gustaban. Le recordaban la ropa cutre que había llevado durante su turbulenta niñez y adolescencia en los barrios bajos de Liverpool. A los ocho años ya era lo bastante perspicaz como para saber que su única esperanza de futuro estaba en la educación. Después del colegio, cuando el resto de los chicos jugaban al fútbol, él se dedicaba a estudiar.

A los dieciocho años le concedieron una beca para estudiar en Cambridge. Cuando llegó allí, su acento fue motivo de diversión para los demás alumnos. Al finalizar sus estudios había logrado erradicarlo por completo.

Entretanto, había desarrollado una auténtica pasión por Shakespeare. Empezó a trabajar como profesor en Oxford, donde enseñó esa materia hasta su jubilación. Sabía que sus colegas comentaban en broma que el día en que muriera, lo meterían en su ataúd vestido con frac y corbata blanca. No le importaba.

La pajarita estaba recta y en perfecta posición bajo el cuello de la camisa.

Se puso la chaqueta, una prenda liviana de tela escocesa muy adecuada para mediados de septiembre, y echó un vistazo a su reloj de pulsera. Eran las siete menos diez. La puntualidad es cortesía de reyes, se dijo.

Su suite se hallaba en la planta Concierge, donde estaban los camarotes más sencillos. Había sido una agradable sorpresa comprobar que las instalaciones del nuevo crucero eran mucho más lujosas que las de otros barcos más antiguos. Por supuesto, era absurdo llamar suite a un único espacio para la sala y el dormitorio, pero ¿qué se le iba a hacer? Se dirigió hasta el alargado espejo de la puerta del baño y se observó de pies a cabeza para comprobar su aspecto. Su reflejo le mostró a un sesentón delgado, de estatura media, bastante calvo y con algunos mechones grises, que llevaba gafas sin montura sobre unos vivos ojos castaños. Asintió con aprobación y fue hasta la cómoda para repasar una vez más la lista de pasajeros. Como era de esperar, se encontraban a bordo famosos de distintos ámbitos de la sociedad. Me pregunto cuántos de ellos viajarán invitados por Castle Lines. Bastantes, imaginó.

Desde su jubilación ofrecía a menudo conferencias en los barcos de la compañía, y el director de cruceros lo tenía en gran estima. Seis meses atrás, después de leer la publicidad previa de la primera travesía del *Queen Charlotte*, se había puesto en contacto con la oficina de reservas para indicarles que le complacería enormemente que contaran con él como orador invitado en ese viaje.

Y allí estaba. Con un cálido sentimiento de satisfacción, el profesor Henry Longworth salió de su camarote para acudir al salón de cócteles y conversar con los pasajeros más importantes.

8

Ted Cavanaugh echó una breve mirada a su suite. Nada de lo que vio lo impresionó. Como hijo de un embajador, estaba acostumbrado a los ambientes lujosos, y aunque esas habitaciones le parecían extraordinariamente caras, no pensaba perder el tiempo disfrutando de ellas. Ted había vivido con sus padres en el extranjero a lo largo de su infancia y adolescencia, asistiendo cada año a la escuela internacional del país de turno. Hablaba con fluidez francés, español y árabe egipcio. Igual que su progenitor, se había graduado en la Universidad de Harvard y, después, estudió derecho en la Universidad de Stanford. Su pasión por las antigüedades se remontaba a sus años de juventud en Egipto.

Ocho meses atrás había leído que lady Emily Haywood embarcaría en el viaje inaugural del *Queen Charlotte* y pensó que era la oportunidad perfecta para defender su causa ante la aristócrata. Cavanaugh pretendía dejarle muy claro que, aunque su suegro, Richard Haywood, hubiese comprado el collar cien años antes, las pruebas de que se trataba de un objeto robado resultaban abrumadoras. Si lady Haywood lo donaba al Instituto Smithsonian y su bufete presentaba una demanda para recuperarlo, se generaría una publicidad negativa que los afectaría a ella, a su difunto marido y al padre de este. Los dos últimos habían sido famosos exploradores, pero, tal como había averiguado el abogado, en varias ocasiones saquearon tumbas antiguas.

Esa sería su estrategia. Era bien sabido que lady Haywood se sentía muy orgullosa del legado de su esposo. Tal vez atendiese a razones con tal de evitar que un desagradable litigio pudiese empañar la reputación de su marido y de su suegro.

Con esa idea en mente, Ted decidió que hasta la hora del cóctel se concedería el breve lujo de acomodarse con un libro que llevaba meses queriendo leer.

9

Devon Michaelson sentía escaso interés por su entorno. Su equipaje contenía solo la ropa imprescindible para ese tipo de viaje. Tras su expresión anodina, sus penetrantes ojos color avellana permanecían alerta. Lo oía todo; nada se le escapaba.

Se sintió decepcionado al saber que el capitán y el jefe de seguridad del barco tenían que estar informados de su presencia a bordo. Cuantas menos personas lo supieran, mejor. Sin embargo, si pretendía cumplir con su misión necesitaba contar con la colaboración de Castle Lines para que lo colocasen en una mesa próxima a la de lady Emily Haywood, desde la que poder observarla a ella y a quienes la rodeaban.

El Hombre de las Mil Caras era un viejo conocido de la Interpol. Sus audaces robos, cometidos en siete países distintos, eran la vergüenza de la policía. Su golpe más reciente, el robo de dos telas de Henri Matisse en el Musée d'Art de la Ville de Paris, se había producido solo diez meses atrás.

Al ladrón le gustaba provocar a la Interpol con sus hazañas, por lo que a menudo publicaba detalles del delito en las semanas posteriores. Esta vez, al parecer, había utilizado una táctica diferente. Desde una cuenta de correo electrónico ilocalizable, alguien que afirmaba ser el Hombre de las Mil Caras había dado a conocer su deseo de conseguir el collar de Cleopatra. La publicación apareció poco después de que lady

Emily Haywood se jactara absurdamente ante la prensa de su intención de exhibirlo durante ese viaje.

En Castle Lines ya conocían la amenaza cuando Devon se puso en contacto con ellos, por lo que de inmediato accedieron a cooperar.

A Devon, un hombre poco sociable, le desagradaba tener que sentarse a una mesa y conversar con unos extraños que sin duda le resultarían muy aburridos. Sin embargo, como lady Haywood viajaría solo hasta Southampton, ese sería también su destino final.

He oído hablar mucho del collar de Cleopatra, de la perfecta combinación de sus deslumbrantes esmeraldas y de lo impresionantes que resultan. Será interesante verlas de cerca, pensó.

Su pretexto para aquel viaje, que compartiría con los demás pasajeros, era esparcir en el mar las cenizas de su esposa imaginaria. Una buena tapadera, decidió, que explicaría su deseo de pasar tiempo a solas.

Estaban a punto de dar las siete, hora en que debían servirse los cócteles en el exclusivo salón Queen, reservado a los pasajeros con acceso a la cubierta privada.

10

Anna DeMille ahogó un grito al abrir la puerta de la suite. Su anterior experiencia en el mar había sido un crucero de Disney. Los únicos famosos a bordo eran Mickey, Minnie y Goofy, y el viaje no fue nada divertido, porque el barco estaba lleno de familias con niños pequeños. Un día se sentó en una tumbona de cubierta y se le pegó un trozo de chicle masticado en los pantalones nuevos.

¡Pero esto! Esto era el paraíso.

Le habían deshecho el equipaje. Su ropa estaba colgada en perchas, dentro del armario, o pulcramente ordenada en los cajones. Sus artículos de aseo estaban colocados en el baño. Había descubierto encantada que la ducha era también un baño de vapor; decidió probarlo a la mañana siguiente, nada más levantarse.

Recorrió la suite, inspeccionando cada uno de sus elementos. El cabecero de la cama estaba forrado con una tela de estampado floral a juego con los ribetes de la colcha blanca.

Se sentó y botó en la cama. El colchón poseía la firmeza ideal. Si quería ver la tele, podía regularlo para estar sentada.

Abrió la puerta y salió al balcón. Le decepcionó descubrir que estaba aislado de los balcones adyacentes. Esperaba poder charlar con los vecinos y así hacer amistades.

Se encogió de hombros. Ya habría tiempo de sobra para

conversar en el restaurante y durante los eventos sociales. Además, tenía el presentimiento de que la suerte estaba de su lado y conocería a algún hombre interesante.

Aunque habían transcurrido quince años desde el divorcio, aún recordaba las palabras que le dijo su ya exmarido cuando se dictó sentencia:

—Anna, eres la persona más irritante que he tenido la mala suerte de conocer.

Glenn había vuelto a casarse y tenía dos hijos. Su segunda esposa no paraba de comentar en Facebook lo adorable que era su marido y lo perfectos que eran sus hijos. Repugnante, pensó Anna, aunque a veces se preguntaba qué habría pasado si Glenn y ella hubieran sido padres.

«Después de todo, mañana será otro día.» Esa era su frase favorita de Scarlett O'Hara, su modelo de mujer. Al instante dejó de pensar en la posibilidad de que alguna cualidad oculta de Glenn le hubiera pasado desapercibida para centrarse en algo muchísimo más importante.

¿Qué me pongo esta noche? Sabía que no se trataba de una velada formal, pero lo comprobó para estar segura del todo. Su nuevo traje de chaqueta azul sería perfecto.

Cada vez más ilusionada, empezó a prepararse para su primera noche en el *Queen Charlotte*.

11

A las siete, Celia dudó si debía acudir al salón de cócteles, pero al final optó por ir. Aunque deseaba disponer del máximo tiempo para sí misma, era consciente del aspecto negativo de esa decisión: también tendría demasiado tiempo para pensar. Por supuesto, a bordo habría varias personas del área de Nueva York, pero, sin duda, la mayoría de los pasajeros ignorarían el fraude cometido por Steven y, en caso de estar enterados, no les importaría en absoluto.

El restaurante que Steven había elegido para su primera cita era precioso. El jefe de sala lo saludó por su nombre. Steven había reservado una mesa tranquila en un rincón, cerca del fondo.

Alabó mis pendientes. Le dije que eran de mi madre y, casi sin darme cuenta, empecé a contarle cómo perdí a mis padres.

Steven se mostró muy comprensivo. Dijo que no solía hablar de la tragedia presente en su vida. Él también era hijo único. Tras el fallecimiento de sus padres en un accidente de tráfico cuando él tenía diez años, sus cariñosos abuelos lo habían criado en una pequeña población situada a treinta kilómetros de Dallas. Con lágrimas en los ojos, me contó que su abuela había fallecido pocos años atrás. La anciana cuidaba de su abuelo, que en aquella época se encontraba en las fases iniciales del alzhéimer. Su abuelo, que ya no lo reconocía, vivía en una residencia.

Steven compartió conmigo una cita que nunca he olvidado: «Soy tremendamente independiente, pero me da miedo estar solo». Acababa de hallar a mi alma gemela. Creí enamorarme de Steven, pero me estaba enamorando de una mentira.

No se quitó el conjunto de chaqueta y pantalón azul celeste que llevaba puesto. Sus únicas joyas eran una fina gargantilla de oro, unos pendientes de diamantes y el anillo de su madre. Tenía grabadas en la memoria las palabras que pronunció su padre al entregarle ese anillo el día en que cumplió los dieciséis años:

—Sé que no la recuerdas, pero este es el primer regalo de cumpleaños que le hice a tu madre el año en que nos casamos.

Cogió el ascensor hasta el salón Queen. Como era de esperar, estaba casi lleno. Vio que un camarero despejaba una mesa para dos y se dirigió hacia allí. Para cuando llegó, el hombre había terminado su tarea y estaba listo para anotar su pedido.

Se decidió por una copa de chardonnay y empezó a recorrer la sala con la mirada. Reconoció el rostro de varios famosos.

—¿Espera usted a alguien? —preguntó una voz en tono cortés—. Y, si no es así, ¿puedo compartir su mesa? El salón está lleno y este parece ser el único asiento disponible.

Celia levantó la vista y descubrió a un hombre delgado y de estatura media cuyo pelo empezaba a escasear. Había realizado su amable petición con una voz bien modulada de inconfundible acento británico.

—Desde luego —respondió, forzando una sonrisa.

El hombre apartó la silla.

—Sé que es usted Celia Kilbride —añadió— y que pronunciará una conferencia acerca de joyas famosas. Yo soy Henry

Longworth y también daré una charla. Mi tema es Shakespeare, el bardo de Avon, y la psicología de los personajes de sus obras.

Esta vez la sonrisa de Celia fue sincera.

—¡Vaya! Me alegro mucho de conocerlo. Me encantaba estudiar a Shakespeare, e incluso memoricé algunos de sus sonetos.

Cuando regresó el camarero con el chardonnay, Longworth pidió un whisky Johnny Walker Blue con hielo y volvió a centrar toda su atención en Celia.

—¿Cuál era su soneto favorito?

—«Espejo de tu madre...» —empezó ella.

—«... que solo con mirarte evoca el dulce abril que hubo en su primavera» —terminó Longworth.

—Por supuesto, usted lo conoce.

—¿Puedo preguntarle por qué es su favorito?

—Mi madre falleció cuando yo tenía dos años. Mi padre me recitó ese soneto cuando cumplí los dieciséis. Y, si comparo su foto con la mía, veo que somos casi idénticas.

—Pues su madre debía de ser una mujer muy hermosa —observó Longworth sin darle importancia—. ¿Volvió a casarse su padre?

Celia notó que los ojos se le llenaban de lágrimas. ¿Cómo me he metido en esta conversación?, se preguntó.

—No, nunca lo hizo. Murió hace dos años —añadió para evitar más preguntas personales.

Las palabras seguían sonándole irreales.

Papá solo tenía cincuenta y seis años, pensó. Jamás estuvo enfermo, pero sufrió un grave infarto y todo terminó.

Si hubiera estado vivo, habría calado a Steven a la primera, pensó.

—Lo siento mucho —dijo Longworth—. Sé lo dolorosa que debió de ser esa pérdida para usted. Cambiando de tema, he de decir que me alegro mucho de que no tengamos que hablar a la misma hora. Estoy deseando asistir a su conferencia de mañana. Ya sabe que soy un estudioso de la maravillosa época isabelina, así que dígame, ¿comentará alguna joya de ese período?

—Así es.

—Con lo joven que es, ¿cómo ha llegado a ser una experta?

Ahora pisaban terreno firme.

—Fue mi padre quien me introdujo en el mundo de las gemas. Desde que tenía tres años, lo que más deseaba que me regalasen en Navidades y cumpleaños eran collares y pulseras para mis muñecas y para mí. Al principio, a mi padre le hizo gracia, pero luego se dio cuenta de que me fascinaban las joyas y empezó a enseñarme a evaluar las gemas. Luego, tras asistir a algunos cursos de geología y mineralogía en la universidad, conseguí el título de gemología y me convertí en miembro destacado de la Asociación Gemológica de Gran Bretaña.

Cuando llegó el camarero con la bebida de Longworth, Lady Em se detuvo ante la mesa. Lucía un collar de perlas de tres vueltas y unos pendientes a juego. Celia sabía lo valiosas que eran aquellas joyas. Lady Em las había llevado a Carruthers el mes anterior para que las limpiasen y enhebrasen.

Comenzó a ponerse de pie, pero la anciana le apoyó una mano en el hombro.

—No se levante, Celia, por favor. Solo quería decirles que he pedido que los coloquen a ambos en mi mesa del comedor.

Miró a Longworth.

—Conozco a esta encantadora señorita —comentó— y también estoy al tanto su reputación como experto en Shakespeare. Será agradable disfrutar de su compañía.

Se alejó sin esperar respuesta, seguida por un hombre y dos mujeres.

—¿Quién es? —preguntó Longworth.

—Lady Emily Haywood —le explicó Celia—. Es un poco

mandona, pero puedo asegurarle que su compañía es muy grata. —Observó cómo acompañaban a Lady Em hasta una mesa vacía junto a la ventana—. Debe de haber reservado esa mesa.

—¿Quiénes son las personas que la acompañan? —quiso saber Longworth.

—No conozco a los otros dos, pero la mujer más corpulenta es Brenda Martin, su asistente personal.

—Lady Em, como usted la llama, parece bastante autoritaria —comentó el profesor con sequedad—, pero no lamento sentarme a su mesa. Supongo que será muy interesante.

—Seguro que sí —convino Celia.

Un camarero apareció a su espalda con un teléfono.

—Señorita Kilbride, una llamada para usted —anunció mientras le entregaba el aparato.

—¿Una llamada para mí? —repitió Celia, sorprendida.

Que no sea otra vez Steven, rogó.

Era Randolph Knowles, el abogado al que contrató cuando el FBI se puso en contacto con ella para que declarase. ¿Por qué llamará?, se preguntó.

—Hola, Randolph, ¿hay algún problema?

—Celia, tengo que avisarte. Steven ha concedido una larga entrevista a la revista *People* que se publicará pasado mañana. Asegura que sabías que estaba estafando a tus amigos. Me han llamado para conocer nuestra versión, pero no he querido hacer declaraciones. ¡El artículo afirma que Steven y tú os reíais juntos!

Se quedó helada.

—Por el amor de Dios, ¿cómo ha podido? —susurró.

—No te lo tomes muy a mal. Todo el mundo sabe que es un embustero compulsivo. Mi fuente en la fiscalía me ha dicho que no están interesados en ti, aunque podrían pedirle al FBI que vuelva a interrogarte sobre algunos de los datos que aparecen en el artículo. Pase lo que pase, me temo que se va a generar una publicidad muy negativa. Un buen argumento a nuestro favor es que tú misma invertiste doscientos cincuenta mil dólares en ese fondo.

Doscientos cincuenta mil dólares, el dinero que su padre le había dejado en su testamento. Cada centavo que poseía.

—Te mantendré al corriente.

Parece preocupado, reflexionó antes de despedirse. Hace pocos años que se graduó en la facultad de Derecho. Me pregunto si me equivoqué al contratarlo. Puede que no sepa cómo salir de esta.

—Gracias, Randolph.

Le devolvió el teléfono al camarero.

—Celia, parece inquieta —comentó Longworth—. ¿Ocurre algo?

—De todo —reconoció Celia en el preciso momento en que las campanadas del reloj anunciaron que iba a servirse la cena.

12

Devon Michaelson se alegró al comprobar que no quedaba ninguna mesa libre en el salón Queen y bajó al bar Lido, donde pidió un martini seco. Junto a la barra vio a dos parejas bien vestidas que, por fortuna, conversaban animadamente entre ellas. Cuando sonaron las campanadas, se dirigió al comedor.

Igual que en el *Titanic*, los pasajeros de primera clase cenaban en un entorno sumamente elegante. De hecho, la sala constituía una versión reducida del comedor más exclusivo del mítico buque. Estaba decorada en estilo jacobino y pintada de color crudo; las sillas, las mesas y demás muebles eran de roble y estaban diseñados para ofrecer lujo y comodidad en todo momento. Unas arañas exclusivas otorgaban al comedor un aspecto suntuoso, y cada una de las mesas estaba adornada con lámparas de estilo vela. Los grandes ventanales aparecían enmarcados por cortinas de seda. Una orquesta tocaba suavemente desde su tarima. Manteles de delicado lino acogían la porcelana de Limoges y los cubiertos de plata.

Detrás de Michaelson entró en el comedor una pareja de unos sesenta años. Cuando los tres se sentaron, él les tendió la mano.

—Devon Michaelson.

—Willy y Alvirah Meehan.

El nombre resonó en la memoria de Devon. ¿Dónde los había visto o había oído hablar de ellos? Mientras charlaban, otro hombre llegó hasta la mesa. Era alto, de pelo oscuro, cálidos ojos castaños y sonrisa agradable.

—Ted Cavanaugh —se presentó tras tomar asiento.

Al cabo de pocos instantes, llegó otra pasajera.

—Anna DeMille —anunció en voz alta.

Devon calculó que debía de rondar los cincuenta. Estaba muy delgada, llevaba el pelo azabache cortado a la altura de la barbilla y tenía las cejas muy negras. La mujer exhibió una amplia sonrisa.

—¡Qué aventura! —exclamó—. Nunca he estado en un crucero tan elegante.

La mirada de Alvirah recorría el comedor con los ojos muy abiertos.

—Esto es precioso —reconoció—. Hemos ido antes de crucero, pero nunca he visto nada tan espectacular. Y pensar que la gente viajaba así... Te quedas sin aliento.

—Cariño, en el *Titanic* sí que se quedaron sin aliento. Se ahogaron casi todos los pasajeros —comentó Willy.

—Pues eso no va a pasarnos a nosotros —replicó Alvirah con firmeza.

Se volvió hacia Ted Cavanaugh.

—En recepción le oí decir que su padre fue embajador en Egipto. Siempre he querido visitar ese país. Willy y yo estuvimos en la exposición del rey Tutankamon cuando estuvo en Nueva York.

—Es impresionante, ¿verdad? —observó Ted.

—Desde luego, aunque siempre me ha parecido vergonzoso que saquearan tantas tumbas —apuntó Alvirah.

—¡No podría estar más de acuerdo! —respondió Ted con entusiasmo.

—¿Han visto cuántos famosos hay en este mismo comedor? —intervino Anna DeMille—. Es como si estuviéramos sobre la alfombra roja, ¿verdad?

Nadie contestó; en ese momento colocaban sobre la mesa el primer plato, una generosa cantidad de caviar de beluga con crema agria sobre triangulitos de pan tostado, todo ello acompañado de unos vasitos de vodka helado.

Después de servirse, Anna volvió su atención hacia Devon.

—¿A qué se dedica usted? —preguntó.

Según su tapadera, Devon era un ingeniero jubilado que vivía en Montreal. No obstante, esos datos no fueron suficientes para su interlocutora.

—¿Viaja solo? —preguntó en tono inquisitivo.

—Sí, mi esposa murió de cáncer.

—¡Oh, lo siento! ¿Cuándo ocurrió?

—Hace un año. Teníamos previsto hacer este viaje juntos. He traído la urna con sus cenizas para esparcirlas en el Atlántico. Fue su último deseo.

Devon confió en que esas palabras pondrían fin al interrogatorio. Sin embargo, Anna aún no estaba satisfecha.

—¿Piensa celebrar una ceremonia fúnebre? He leído que mucha gente lo hace. Si quiere compañía, asistiré encantada.

—No, quiero hacerlo yo mismo —respondió él, pasándose el índice por debajo del ojo para enjugar el comienzo de una lágrima.

Madre mía, pensó. Puede que no consiga librarme de esta mujer.

Alvirah pareció intuir que el hombre no quería más preguntas personales.

—Anna, cuénteme cómo ganó el viaje —le pidió—. A nosotros nos tocó la lotería. Gracias a eso podemos estar aquí.

Por fortuna, Alvirah distrajo la atención de Anna y Devon pudo centrarse en la mesa de su derecha. El detective observó con atención las perlas de lady Emily Haywood. Magníficas, pensó. Aunque no eran nada en comparación con sus esmeraldas. Un reto digno del ladrón internacional de joyas conocido como el Hombre de las Mil Caras. No había escatimado en gastos para poder estar cerca de Lady Em y del valioso collar de Cleopatra.

De pronto recordó lo que había oído acerca de Alvirah Meehan. Su intervención había sido decisiva para resolver varios delitos. Sin embargo, sería mejor que no se implicara esta vez. Entre Alvirah y Anna, mi tarea podría complicarse mucho, pensó sombríamente.

Tras el caviar, un pequeño cuenco de sopa, una ensalada y una ración de pescado, sirvieron los segundos platos, cada uno de ellos acompañado del vino adecuado. Después del postre, los camareros colocaron un pequeño recipiente con agua delante de cada comensal.

Willy miró a Alvirah con aire suplicante y esta observó a Ted Cavanaugh y vio que metía los dedos en el cuenco, se los secaba con la servilleta que tenía sobre las rodillas y luego trasladaba a la izquierda de su plato el bol y el platillo sobre el que se apoyaba. Alvirah siguió su ejemplo y Willy la imitó a ella.

—¿Es esto lo que llaman lavadedos? —preguntó Anna.

¿Y cómo lo vamos a llamar si no?, se dijo Devon de mal humor.

—Si todas las cenas son como esta, me voy a poner como una vaca —se quejó Anna.

—Para eso aún le falta mucho —replicó Willy con una sonrisa.

La cena tocaba a su fin y Anna volvió su atención hacia Devon.

—Tengo entendido que esta noche hay un espectáculo en el salón de baile. ¿Le gustaría acompañarme?

—Gracias, pero no me apetece.

—¿Y una última copa?

Devon se puso en pie.

—No —repuso con firmeza.

Tenía pensado seguir al grupo de lady Haywood si iban a ver el espectáculo o acudían a uno de los bares del barco para tomar un cóctel. Quería intentar introducirse en su círculo. Sin embargo, le sería imposible si una tipa como Anna DeMille se le enganchaba como una lapa.

—Me temo que he de devolver algunas llamadas. Buenas noches a todos.

13

Durante la cena, Lady Em presentó a sus invitados al profesor Henry Longworth y después se volvió hacia Celia.

—Querida, sé que ya conoces a Brenda, pero creo que no te he presentado a Roger Pearson y a su esposa, Yvonne. Roger es mi asesor financiero y también el albacea de mi testamento, ámbito en el que, por supuesto, espero no precisar de sus servicios en muchos años. —Lady Em se echó a reír antes de proseguir—. Una vez oí que alguien se refería a mí como una «vieja dura de pelar» y, aunque no resulta muy halagador, creo que estaba en lo cierto.

Ojalá fuese así, pensó con melancolía mientras todos se reían y alzaban sus copas de vino.

—Un brindis por lady Emily —propuso Roger—. Sé que es un honor para todos nosotros estar con ella.

Celia observó que Henry Longworth levantaba su copa, pero el brindis colectivo le causó cierta perplejidad. Apenas la conoce, pensó. No ha tenido más remedio que unirse a ella y ahora se supone que debe sentirse honrado por su presencia. Entonces él la miró y enarcó las cejas, y la joven supo que eso era exactamente lo que estaba pensando.

Cuando llegó el caviar, Lady Em lo miró con verdadera satisfacción.

—Así es como lo servían en los antiguos cruceros.

—Calculo que, en un restaurante, esta cantidad nos saldría a doscientos dólares por cabeza —observó Roger.

—Por el precio de este viaje, debería haber un cuenco entero —añadió Brenda.

—Aunque eso no significa que no vayamos a disfrutarlo —replicó Roger con una sonrisa.

—Brenda es muy cuidadosa con mi dinero —apuntó Lady Em—. No quiso aceptar una suite junto a la mía e insistió en viajar en el piso inferior.

—Que es muy lujoso —apostilló Brenda con firmeza.

Entonces Lady Em se volvió hacia Celia.

—¿Recuerdas que una vez te dije cuál era mi frase preferida sobre las joyas?

Celia sonrió.

—Claro que me acuerdo. «La gente va a mirar. Haz que valga la pena.»

Todos los presentes se echaron a reír.

—Muy bien, Celia. El famoso Harry Winston me lo dijo cuando lo conocí en una cena de Estado celebrada en la Casa Blanca.

—Celia es experta en gemas —explicó la dama—. La consulto cuando compro joyas o llevo mis piezas a revisar por si están arañadas o desportilladas. Por supuesto, me gusta lucir mis mejores joyas. ¿Para qué se tienen si no es para lucirlas? Puede que algunos de ustedes hayan leído que en este viaje pienso llevar el collar de esmeraldas que, según se dice, fue creado para Cleopatra. El padre de mi difunto marido lo compró hace más de cien años. Nunca lo he lucido en público. Sencillamente, no tiene precio. Sin embargo, dada la majestuosidad de este precioso barco, me pareció oportuno ponérmelo en las veladas formales. A mi regreso a Nueva York, tengo previsto donarlo al Smithsonian. Es tan exquisito que quiero que el mundo entero pueda verlo.

—¿Es cierto que existe una estatua de Cleopatra luciendo

una pieza que podría ser ese collar? —preguntó el profesor Longworth.

—Sí, es cierto. Y, como sin duda sabes, Celia, en la época de la emperatriz egipcia las esmeraldas no solían tratarse tal como se hace ahora para resaltar cada faceta de su brillo. El artesano que labró esas esmeraldas se adelantó mucho a su tiempo.

—Lady Em, ¿está segura de querer separarse de ese collar? —protestó Brenda.

—Lo estoy. Es hora de dejar que el público lo aprecie.

Se volvió hacia Henry Longworth.

—Cuando ofrece sus conferencias, ¿recita pasajes de Shakespeare?

—Así es. Selecciono algunos y luego pido a los asistentes que sugieran los que les gustaría oír.

—¡Estaré en primera fila! —exclamó Lady Em.

Todos aseguraron que también asistirían, salvo la esposa de Roger, Yvonne, que no tenía la menor intención de escuchar una conferencia sobre Shakespeare.

Unos minutos antes había visto a unas conocidas suyas de East Hampton; se disculpó y fue a sentarse con ellas.

El capitán Fairfax, cuya mesa ocupaba el centro del comedor, se puso de pie cuando la cena tocaba a su fin.

—No acostumbramos a servir una cena de gala la primera noche en el mar —empezó—, pero hemos hecho una excepción. Queríamos que comenzaran a experimentar el fascinante viaje del que disfrutarán en los próximos cinco días. Nuestro espectáculo de esta noche es la interpretación por parte de los cantantes de ópera Giovanni DiBiase y Meredith Carlino de varias piezas de *Carmen* y *Tosca*. Les deseo una velada muy agradable.

—Me gustaría mucho escucharlos —dijo Lady Em mientras se levantaba—, pero estoy un poco cansada. Si les apetece tomar una última copa conmigo en el bar Edwardian, están invitados.

Como Yvonne, Celia rehusó la oferta alegando que debía preparar su conferencia. Ya en su suite, se permitió pensar en las posibles consecuencias de que Steven hubiese declarado a la revista *People* que ella estaba implicada en su estafa.

Qué embustero, pensó. Nació mintiendo. Todo lo que me dijo era mentira.

La cobertura mediática que siguió al arresto de Steven en la cena previa a su boda la dejó conmocionada. Después, la situación empeoró. El padre de su prometido, un rico inversor en el sector del gas y el petróleo, la llamó y le explicó que hacía tiempo que la familia no quería saber nada de Steven. También le contó que su prometido tenía mujer y un hijo en Texas, a los que ellos mantenían.

Cuando estalló el escándalo hacía casi un mes, le sugirieron en Carruthers que se ausentara durante algún tiempo. Acordaron que se tomase varias semanas de vacaciones que tenía pendientes para dejar que las cosas «se solucionasen».

¿Quién sabe lo que pasará cuando vean el artículo mañana?, se preguntó.

Esa noche no pudo dormir.

14

Después de cenar, Yvonne y sus amigas disfrutaron juntas de una copa en el salón Prince George. Era tarde cuando regresó a su suite. Sin embargo, Roger aún no había vuelto. Probablemente estaba deseando acudir al casino, pensó. Seguro que había corrido hasta allí tan pronto como Lady Em se retiró a su habitación. Siempre había sido aficionado al juego, pero en los últimos tiempos esa afición empezaba a ser preocupante. A Yvonne no le importaba a qué dedicase su tiempo, siempre que continuara financiando su estilo de vida.

Ya se había acostado, aunque seguía despierta cuando se abrió la puerta y entró su marido. Apestaba a alcohol.

—Yvonne —llamó con voz temblorosa.

—Baja la voz. Despertarás a todo el mundo —respondió ella con sequedad—. ¿Has vuelto a perder esta noche? —añadió—. Sé que te morías de ganas de bajar allí.

—No es asunto tuyo —le espetó él.

Con esa nota de cordialidad, Roger e Yvonne Pearson pusieron fin a su primera velada a bordo del *Queen Charlotte*.

15

Willy convenció a Alvirah de no asistir al espectáculo de esa noche. Tenía pensado regalarle el anillo que le había comprado por sus cuarenta y cinco años de casados.

De regreso en la suite, abrió la botella de champán con la que los obsequiaron a su llegada al barco a modo de bienvenida. Sirvió dos copas y le ofreció una a su esposa.

—Por los cuarenta y cinco años más felices de mi vida —brindó—. No podría vivir ni un solo día sin ti, cariño.

A Alvirah se le empañaron los ojos.

—Yo tampoco podría vivir un solo día sin ti, Willy —respondió con fervor.

Vio que su marido se sacaba del bolsillo una cajita envuelta en papel de regalo. No vayas a decirle ahora que no debería haberlo hecho y que ha gastado demasiado, se advirtió a sí misma.

Cuando le dio el estuche, Alvirah lo desenvolvió despacio. Al abrir la tapa, descubrió un zafiro ovalado rodeado de pequeños diamantes.

—¡Oh, Willy! —exclamó.

—Te quedará bien —aseveró él con orgullo—. Me llevé otro de tus anillos para estar seguro. La gemóloga que me ayudó a elegirlo estaba esta noche en la mesa junto a la nuestra. Era esa chica morena tan guapa. Se llama Celia Kilbride.

—Sí, me he fijado en ella —susurró Alvirah—. ¿Cómo no iba a hacerlo? Un momento, ¿no es la novia de ese tipo que engañó a todo el mundo con su fondo de inversión?

—Sí, es ella.

—¡Pobre chica! —exclamó, y bebió un sorbo de champán—. Me gustaría conocerla.

Se deslizó el anillo en el dedo.

—Es perfecto, ¡y me encanta!

Willy lanzó un suspiro de alivio. No me ha preguntado cuánto ha costado, pensó. Aunque no ha sido para tanto. Diez mil dólares. Celia me dijo que lo había vendido una mujer cuando murió su madre. Valdría mucho más si no tuviera un arañazo que solo se aprecia a través de un microscopio.

—Willy, me da pena ese pobre Devon Michaelson —dijo Alvirah de pronto, cambiando de tema—. Seguro que Anna DeMille va a poner a prueba su paciencia. Se ha enterado de que tiene que esparcir las cenizas de su mujer en el mar y me imagino que le encantaría encargarse personalmente. Va a estar persiguiéndolo cada día. Desde luego, comprendo que ella quiera casarse otra vez; además, él es un hombre atractivo. Pero no lo está enfocando nada bien.

—Cariño, te lo pido por favor, no empieces a darle consejos. No te metas.

—Me gustaría ayudarla, pero tienes razón. Sin embargo, sí pienso intentar entablar amistad con lady Emily. He leído mucho sobre ella.

Esta vez, Willy no trató de disuadir a su esposa. Sabía perfectamente que, cuando finalizara aquel viaje, Alvirah se habría convertido en la mejor amiga de la aristócrata.

Día 2

16

Al día siguiente, la actividad programada para las siete de la mañana era una clase de yoga. Celia acababa de dormirse, pero se obligó a levantarse para asistir. Se presentaron unas veinte personas.

No le sorprendió que la encargada de impartir la clase fuera Betty Madison, una famosa instructora de yoga que había escrito un exitoso libro acerca de esa disciplina. En este barco no escatiman en gastos, pensó mientras desenrollaba su esterilla y ocupaba su sitio. Ni en ninguno de los demás cruceros en los que había ofrecido conferencias. En esos viajes había invitado a su buena amiga Joan LaMotte para que la acompañase. Esta vez no se había atrevido. Joan y su marido habían perdido doscientos cincuenta mil dólares por culpa del fondo de Steven.

Lo mismo que perdí yo, se dijo Celia, pero yo fui la cabra traicionera que llevó a los corderos al matadero.

¡Había tantas señales!, pensó. ¿Cómo pude no verlas? ¿Por qué le otorgué siempre el beneficio de la duda? A Steven y a mí nos gustaba hacer cosas juntos: visitar museos, ir al cine y al teatro, salir a correr por Central Park... Cuando hacíamos algo con otras parejas, siempre era con mis amigos. Me dijo que sus amigos de la infancia se habían quedado en Texas, y consideraba que no le convenía socializar con sus colegas del trabajo fuera del despacho. «Es más profesional», decía.

El motivo por el que no socializaban con los amigos de Steven estaba ahora muy claro: no tenía ninguno. Los pocos «amigos» suyos que asistieron a la cena de ensayo eran conocidos del gimnasio o de una liga de baloncesto nocturna en la que jugaba una noche a la semana.

Cuando terminó la sesión de yoga, Celia regresó al camarote y pidió el desayuno. Durante la noche le habían deslizado bajo la puerta las cuatro páginas del boletín informativo diario del barco. Por un momento tuvo miedo de que en la sección de economía apareciera un artículo sobre la entrevista que Steven había concedido a *People*. Sin duda, daría lugar a muchas habladurías. Abrió la gaceta y se sintió aliviada al comprobar que no se mencionaba el tema.

Pero espera a que *People* llegue mañana a los quioscos. Era un pensamiento recurrente, como un toque de tambor en su cabeza.

17

El capitán Ronald Fairfax llevaba veinte años navegando con Castle Lines. Cada uno de sus barcos había sido de primerísimo nivel, pero el *Queen Charlotte* los superaba a todos. En lugar de seguir el ejemplo de otras compañías de cruceros, como Carnival, y construir muchos buques inmensos que podían transportar a más de tres mil pasajeros, en el *Charlotte* solo había espacio para cien personas, muy lejos de la capacidad de los antiguos barcos de primera clase.

Por supuesto, ese era el motivo de que hubiera a bordo tantos famosos, deseosos de viajar como invitados exclusivos en la primera travesía.

El capitán Fairfax se hizo a la mar por primera vez al día siguiente de finalizar sus estudios en Londres. Resultaba imponente con su elevada estatura, sus anchos hombros, su cabellera de un blanco puro y su rostro curtido. Todo el mundo lo consideraba un magnífico capitán y un anfitrión fantástico que caminaba con soltura entre los pasajeros más exaltados.

Los viajeros mejor informados esperaban impacientes una invitación para cenar en su mesa o asistir a uno de sus cócteles privados en su hermosa y amplia suite. Las invitaciones, reservadas para la flor y nata de los pasajeros y escritas a mano por el sobrecargo, se deslizaban por debajo de la puerta de los afortunados destinatarios.

Nada de eso ocupaba la mente del capitán Fairfax, de pie en el puente de mando.

No era ningún secreto que los costes de construir y equipar ese extraordinario barco casi habían duplicado los previstos en el proyecto original. Por ese motivo, Gregory Morrison, el propietario de Castle Lines, le había dejado claro que no podían sufrir el menor tropiezo. Las revistas del corazón y las redes sociales estarían ávidas de noticias sobre cualquier cosa que pudiera salir mal en ese importantísimo primer viaje. Ya se habían hecho eco de lo parecidas que eran las instalaciones de ese barco a las del *Titanic*. Pensándolo bien, no había sido buena idea darle ese tipo de publicidad.

El capitán frunció el ceño. Las previsiones indicaban que podían encontrarse con una tormenta a día y medio de Southampton.

Consultó su reloj. Tenía una cita sumamente confidencial en sus dependencias. El agente de la Interpol al que los demás pasajeros conocían como Devon Michaelson había solicitado una entrevista secreta.

¿Qué querría decirle? Ya lo habían informado de que el llamado Hombre de las Mil Caras podía hallarse a bordo.

Se alejó del puente de mando y se dirigió a su suite. Al cabo de unos momentos llamaron discretamente a la puerta. Fue a abrir. Ya había identificado a Devon Michaelson, pues sabía que se sentaba a la misma mesa que el hijo del embajador, Ted Cavanaugh.

Fairfax le tendió la mano.

—Señor Michaelson, no sabe usted cuánto me complace contar con su presencia en este barco.

—Yo también me alegro de estar aquí —respondió Michaelson en tono cortés—. Como sabrá, en las últimas semanas el llamado Hombre de las Mil Caras ha expresado en diversas redes sociales su intención de participar en este viaje. Hace una hora ha enviado un mensaje diciendo que está a bordo, disfrutando del lujoso ambiente y deseando aumentar su colección de joyas.

Fairfax sintió que el cuerpo se le ponía rígido.

—¿Existe alguna posibilidad de que alguien pueda estar publicando esos mensajes en broma?

—Me temo que no, señor. Todos parecen auténticos y, además, son coherentes con su historial. A él no le basta con robar lo que quiere, sino que obtiene un placer adicional ofreciendo pistas sobre sus planes y burlándose de la policía cuando los ejecuta.

—Es peor de lo que imaginaba —masculló Fairfax—. Señor Michaelson, creo que entenderá lo importante que es que no se produzca ni el más mínimo escándalo en este viaje. ¿Hay algo que mi personal y yo podamos hacer para contribuir a evitar una desgracia?

—Manténganse alerta, igual que haré yo —contestó Michaelson.

—Muy buen consejo. Gracias —concluyó el capitán mientras lo acompañaba hasta la puerta.

A solas con sus pensamientos, Fairfax se sintió reconfortado al saber que había un agente a bordo. El jefe de seguridad, John Saunders, y su equipo eran muy competentes. Saunders gozaba de una excelente reputación en el sector y había trabajado con él en anteriores viajes de Castle Lines. Sabía ocuparse con discreción de los pasajeros incómodos. Además, Fairfax tenía la certeza de que los trabajadores del barco, procedentes de más de quince países, habían sido minuciosamente investigados antes de su contratación. Pero el reto planteado por un ladrón internacional de joyas era distinto.

Mientras regresaba al puente de mando, lo abrumó pensar en todo lo que podía salir mal.

18

Como Celia, Yvonne acudió temprano a la clase de yoga. No había nada más importante que mantener su esbelta figura y su apariencia juvenil.

Roger aún dormía cuando ella salió, pero ya se había marchado cuando regresó a la suite. Seguramente estará persiguiendo a Lady Em, pendiente de todo lo que dice, pensó Yvonne con desdén.

Se duchó, encargó un desayuno ligero, se puso un jersey y unos pantalones y se dirigió al spa. Había pedido cita previa para varios tipos distintos de masajes y tratamientos faciales personalizados. A media tarde sería el turno de las sesiones de maquillaje.

Ya se estaba acostumbrando a las instalaciones del barco. Aun así, las bonitas cabinas y el tratamiento a manos de las cualificadas esteticistas constituyeron una agradable sorpresa. Poco antes de la hora de comer se instaló en una butaca de cubierta. Al instante, sintió un golpecito en el hombro.

—Me llamo Anna DeMille —se presentó la mujer sentada a su izquierda—. Aunque, por desgracia, no soy pariente de Cecil B. DeMille. Supongo que conoce la divertida anécdota que se cuenta sobre él, ¿no? Estaba dirigiendo la escena de una batalla con cientos de actores y le encantaba cómo estaba saliendo. Entonces le preguntó al cámara: «¿Lo has grabado todo?». Y el cámara contestó: «Empiezo cuando usted me diga, CB». —Anna soltó una carcajada—. ¿No es una fantástica anécdota sobre ese señor aunque no sea pariente mío?

Madre mía, se dijo Yvonne, menuda suerte he tenido.

Se obligó a entablar una breve conversación y luego se puso en pie.

—Me alegro de haber charlado con usted —mintió.

Al ver que se marchaba, Anna se volvió hacia la mujer sentada a su derecha, que aparentaba poco más de sesenta años y acababa de cerrar su libro.

—Me llamo Anna DeMille —repitió—. ¡Qué emocionante es este viaje! No estaría aquí si no hubiese ganado el primer premio en la rifa anual de mi parroquia. ¡Imagínese, una estancia con todos los gastos pagados en la primera travesía del *Queen Charlotte*! ¡Sigo sin poder creerlo!

—Es muy comprensible.

Anna pasó por alto el tono glacial de la mujer.

—¿Cómo se llama usted? —preguntó.

—Robyn Reeves —fue la escueta respuesta.

La mujer abrió el libro que acababa de cerrar.

Nadie tiene ganas de hablar esta mañana, pensó Anna. Daré un paseo a ver si encuentro a Devon. Pobre hombre.

Qué solo debe de sentirse aquí con las cenizas de su esposa.

19

Yvonne almorzó con sus amigas Dana Terrace y Valerie Conrad en el pequeño restaurante decorado como un salón de té inglés. Habían acordado que sus maridos podían hacer sus propios planes. Ellas querían cotillear, y su conversación aburriría a los hombres.

—Hal está en la pista de squash —anunció Dana.

—Igual que Clyde —añadió Valerie con indiferencia.

Yvonne no dijo nada. No tenía ninguna duda de que Roger estaba en el casino. Admiraba en secreto a Dana y Valerie. Ambas tenían los orígenes que ella habría deseado. Dana era descendiente directa de uno de los peregrinos del *Mayflower*, y el padre de Valerie no solo era culto, sino también un inversor de éxito.

Desde niña tuvo claro cuál era su objetivo: hacer una buena boda, no solo por dinero, sino también por posición social.

Por suerte para Yvonne, sus padres, ambos maestros de instituto, se habían retirado a Florida después de que ella se graduase en la universidad estatal. Cuando hablaba de ellos los describía como dos profesores universitarios a tiempo completo. Aprovechó su excelente dominio del francés para cursar un semestre en la Sorbona durante su tercer año de carrera, y ahora afirmaba que había estudiado en esa universidad.

Dana y Valerie habían asistido a la exclusiva Deerfield Academy y fueron compañeras de clase en Vassar, la prestigiosa universidad privada. Como Yvonne, tenían poco más de cuarenta años y eran muy atractivas. La diferencia era que ellas siempre habían vivido en un ambiente selecto, mientras que Yvonne tuvo que planear su ascenso a la cima.

Conoció a Roger Pearson cuando ella tenía veintiséis años y él, treinta y dos. Roger reunía todos los requisitos. Era bastante guapo, al menos entonces. Como su padre y su abuelo, se había graduado en Harvard y había sido miembro de los clubes más exclusivos de la universidad. Igual que ellos, era censor jurado de cuentas. La diferencia estaba en que él no era demasiado ambicioso. Le gustaba beber y jugar, peculiaridades que disimulaba cuidadosamente. Lo que no podía ocultar era la considerable barriga que le había salido en los casi veinte años que llevaban casados.

Yvonne no tardó mucho en conocer al verdadero Roger, que además era perezoso. Cinco años atrás, tras la muerte de su padre, se había convertido en presidente de la empresa familiar, dedicada a la gestión de patrimonio, y había convencido a muchos de sus clientes, y en particular a lady Emily, para que se quedaran con él. La dama lo nombró nuevo albacea de sus propiedades.

En presencia de Lady Em, Roger era una persona distinta, que hablaba con autoridad sobre finanzas internacionales, política y arte.

Juntos mantenían la apariencia de ser una pareja felizmente casada y asistían encantados a galas sociales y benéficas. Mientras tanto, ella estaba al acecho de algún hombre de éxito divorciado o, aún mejor, viudo, pero no se perfilaba ninguno en el horizonte. Sus dos mejores amigas, Valerie y Dana, se habían casado con divorciados y les iba muy bien. Ella ansiaba hacer lo mismo.

Ahora, entre el prosecco y las ensaladas, charlaban sobre

las instalaciones del barco y los demás viajeros. Valerie y Dana conocían a lady Haywood y, como todo el mundo, la admiraban. Que Yvonne la encontrase aburrida les resultaba fascinante.

—He oído veinte veces sus historias acerca de su difunto y maravilloso sir Richard —les confió Yvonne mientras retiraba con delicadeza un tomate de su ensalada.

¿Por qué se me olvida siempre decirle al camarero que no me gustan los tomates?, se preguntó.

Valerie tenía un ejemplar de la hoja de actividades previstas para ese día.

—Podemos ir a escuchar a un antiguo diplomático que analizará la historia de las difíciles relaciones entre Occidente y Oriente Medio.

—No se me ocurre nada más aburrido —comentó Dana, y dio un trago largo de vino.

—Vale, nos lo saltaremos —convino Valerie—. ¿Y esto? Un famoso chef demostrará su técnica rápida y sencilla para dar un toque gourmet incluso al plato más simple.

—Eso puede ser interesante —sugirió Yvonne.

—Valerie y yo tenemos cocinero en casa —explicó Dana—. Les dejamos la cocina a ellos.

—Aquí hay algo que podría ser divertido —volvió a intentar Yvonne—: «El libro clásico de Emily Post sobre etiqueta: los modales del siglo xix y principios del siglo xx». ¿Por qué no vamos? Me encantaría saber cómo hacían las cosas en esa época.

Valerie sonrió.

—Mi abuela me contó que mi bisabuela vivía según las normas de la sociedad de aquel tiempo. Cuando se casó, se fue a vivir a una mansión de piedra rojiza situada en la Quinta Avenida. En esa época, la gente dejaba tarjetas de visita al mayordomo. Tengo entendido que, cuando murió mi bisabuelo, cubrieron todos los muebles con tela negra y pusieron cortinajes de luto. El mayordomo, vestido con ropa de calle, estuvo abriendo la puerta con la doncella detrás hasta que un lacayo consiguió libreas negras para todo el personal.

—Mi abuelo fue uno de los primeros en coleccionar arte moderno —apuntó Dana—. Emily Post lo llamaba «cosas espantosas de moda hoy en día con colores chillones, figuras y dibujos triangulares grotescos que, aparte de la novedad, son de mal gusto». Mi abuela intentó convencerlo para que tirase aquellos cuadros a la basura. Gracias a Dios que no lo hizo. Hoy en día valen millones.

—Pues si queremos mejorar nuestros modales —añadió Yvonne—, empecemos por esa conferencia. Puede que haya un apartado sobre la forma apropiada de salir de un matrimonio y entrar en otro.

Todas se rieron. Valerie llamó al camarero y señaló sus copas casi vacías. Muy pronto estaban llenas de nuevo.

—Vale —accedió Dana—. ¿Qué otras charlas hay hoy?

—Está la conferencia sobre Shakespeare —sugirió Yvonne.

—Anoche vi que el profesor Longworth cenaba en vuestra mesa —dijo Valerie—. ¿Qué tal es?

—No es que sea la alegría de la huerta —contestó Yvonne—. Tiene la manía de arquear las cejas. Quizá por eso tenga tantas arrugas en la frente.

—¿Y qué me dices de Celia Kilbride? —preguntó Dana—. Es esa chica acusada de participar en la estafa del fondo de inversión. Me sorprende que la hayan invitado a este barco. En fin, el capitán no paró de decir que todo era lo mejor de lo mejor. ¿Cómo se les ha ocurrido invitar a una ladrona?

—He leído que afirma ser una víctima más —apostilló Yvonne—. Y sé que está considerada una experta gemóloga.

—Tendría que haberle encargado que le echara un vistazo al anillo de compromiso que me regaló Herb —comentó Valerie con una carcajada—. Era de su abuela. Si forzabas la vista y tenías un poco de suerte, podías distinguir el diamante.

Se lo devolví cuando me divorcié. Le dije: «No quisiera privar a alguna mujer afortunada de la oportunidad de lucir esto».

Mientras se reían, Yvonne pensaba que ambas se habían casado con tipos elegantes la primera vez y que la segunda lo hicieron con ricachones. He de mantener los ojos bien abiertos. O mejor aún...

Dieron un trago largo de sus respectivas copas.

—Tengo una misión para vosotras —anunció Yvonne.

La miraron expectantes.

—Las dos dejasteis a los tipos con los que empezasteis —siguió—. ¿Ya teníais al otro en reserva?

—Yo sí —confirmó Valerie.

—Y yo también —coincidió Dana.

—Pues, francamente, lo que existió entre Roger y yo, fuera lo que fuese, se acabó hace tiempo. Así que mantened los ojos bien abiertos.

—Volviendo a las conferencias, ¿qué programa tenemos? —preguntó Valerie.

—Tengo ganas de distraerme —respondió Dana—. Vayamos a las tres: Emily Post, Shakespeare y Celia Kilbride.

—Por las distracciones —brindó Valerie, e hicieron tintinear sus copas.

20

A Anna DeMille no le gustaba recordar que había empezado a beberse el agua de su lavadedos antes de ver que Ted Cavanaugh sumergía las manos en el suyo. Estaba casi segura de que nadie se había fijado, pero esa posibilidad no dejaba de atormentarla. Por eso optó por acudir a la conferencia vestida de etiqueta. Quizá pueda aprender algunos trucos, pensó, no hay nada de malo en ello. Desde luego, mucha de la gente que viaja en este barco es muy fina.

También albergaba la esperanza de que Devon Michaelson estuviera allí.

Esperó a tomar asiento hasta el último momento antes del comienzo de la conferencia, por si él entraba y podían sentarse juntos.

Eso no ocurrió. Sí se fijó en que Ted Cavanaugh, el profesor Longworth y los Meehan estaban sentados en las primeras filas.

Entiendo por qué están aquí los Meehan, pero ¿por qué han venido Cavanaugh y Longworth?, se preguntó.

Se acomodó junto a un anciano caballero que parecía estar solo. Estaba a punto de presentarse y contarle la anécdota sobre Cecil B. DeMille cuando la conferenciante se dirigió hacia la tarima.

Julia Witherspoon era una mujer de aspecto severo de unos

setenta años. Después de presentarse, explicó que su especialidad era hablar de la etiqueta en la mesa. Sin embargo, en ese viaje le pareció apropiado repasar la quintaesencia del buen gusto de un siglo atrás.

Witherspoon empezó a hablar sin saber que Ted Cavanaugh era uno de los oyentes más atentos. Cuando de niño desarrolló su amor por las antigüedades egipcias, también empezó a interesarse por los buenos modales en épocas pasadas. Sabía que le distraería oír hablar de las costumbres de la sociedad del siglo pasado y necesitaba ese entretenimiento.

—Puesto que, por desgracia, lo que se conocía como etiqueta hace un siglo ha desaparecido hoy en día —estaba diciendo la oradora—, tal vez les interese conocer las hermosas costumbres que prevalecían a finales del siglo XIX y principios del XX.

»Empecemos por la etiqueta exigida en las bodas. Cuando hoy en día un joven entrega a su prometida un anillo de compromiso sigue una tradición que comenzó hace más de ochenta años. El anillo de compromiso más apropiado es el solitario de diamantes, porque es el ejemplo convencional de, y cito textualmente, "el carácter único e imperecedero del único amor en la vida del futuro novio".

»En la primera cena familiar que se celebraba después de un compromiso, el padre de la muchacha levantaba su copa y se dirigía a los presentes diciendo: "Propongo un brindis por la salud de mi hija Mary y del joven al que ha decidido incorporar de forma permanente a nuestra familia, James Manlington".

»El joven debía responder diciendo: "Yo, esto... nosotros les agradecemos a todos sus buenos deseos. No creo que tenga que decírselo, sino demostrarles, si puedo, que Mary no ha cometido el error de su vida al elegirme, y espero que no tardemos mucho en verlos a todos de nuevo sentados a nuestra propia mesa, con Mary a la cabeza y yo al pie, que es el lugar que me corresponde".

Witherspoon suspiró.

—¡Qué lástima que la vida sea tan ordinaria hoy en día! —Carraspeó antes de continuar—. Y ahora hablemos de la boda. El vestido de la novia debe ser blanco. El raso y el encaje son los tejidos más apropiados.

»En cuanto a las damas de honor, Emily Post contaba lo siguiente: "A un señor muy distinguido le preguntaron: ¿No cree usted que la boda ha sido preciosa? ¿Verdad que las damas de honor estaban muy guapas?".

»Su respuesta fue: "No me ha gustado nada. Las damas de honor iban tan empolvadas y pintadas que no había un solo rostro dulce entre ellas. Puedo ver un desfile igual cualquier noche sobre el escenario de una comedia musical".

A continuación, Witherspoon habló de todos los enseres apropiados para el hogar de una recién casada, incluyendo el servicio necesario: el mayordomo, dos lacayos, una cocinera con dos ayudantes de cocina, un ama de llaves y dos doncellas.

Luego procedió a informarles sobre cómo vestir una casa de luto.

Para cuando terminó la conferencia, no había nadie entre el público que no se sintiera culpable de haber cometido muchos errores de protocolo en su vida.

Durante la ponencia, Ted Cavanaugh se descubrió a sí mismo escuchando solo a medias, mientras su mente regresaba al desafío que lo aguardaba. Lady Haywood había dicho por fin la verdad: que tenía en su poder el collar de Cleopatra que su marido le había regalado. Le guste a ella o no, además de ser famosos exploradores, sir Richard y su padre fueron saqueadores de tumbas, pensó Ted. Ese collar debería haber estado expuesto durante todos estos años en el Museo Egipcio de El Cairo. No tiene ningún derecho a donarlo al Instituto Smithsonian. Si lo hace, con toda probabilidad tendrá lugar un prolongado litigio para recuperarlo. Yo podría ganar mucho dinero demandando al instituto, pero no quiero que eso suceda.

Le haré ver que, si no quiere que se sepa que su marido y su suegro fueron ladrones de tumbas, tiene que acceder a entregar el collar al Museo de El Cairo. Quizá pueda convencerla, confió. Desde luego, haré todo lo que esté en mi mano.

Ted Cavanaugh no era el único miembro del público que no dedicaba toda su atención a las palabras de Witherspoon. Al profesor Henry Longworth le gustaba asistir a la presentación que precedía a la suya. Así tenía la oportunidad de calibrar la reacción de los presentes, de ver el tipo de material al que respondía.

Longworth se negaba a reconocer que en realidad tenía ganas de asistir a la charla sobre buenas maneras. Nunca había podido deshacerse de los recuerdos amargos de aquellos años de pobreza en Liverpool, pero aún menos del ridículo que había hecho al llegar a Cambridge. En la primera cena universitaria, había vertido té en el platillo, se lo había llevado a los labios y lo había sorbido. Captó las risitas y miradas de los demás estudiantes sentados a la larga mesa. Las risitas se convirtieron en carcajadas cuando el estudiante sentado a su lado vertió el té en su propio platillo y empezó a sorberlo también. Los demás estudiantes siguieron su ejemplo.

Aquellas carcajadas seguían resonando en los oídos de Henry. Por eso una de sus aficiones era estudiar etiqueta y protocolo. Y le había resultado muy útil. Era consciente de que su actitud un tanto distante, sumada a sus sugestivas conferencias, aumentaba el aire de misterio que se había forjado.

Nadie sabía que hacía un tiempo, cuando los precios aún eran asequibles, había comprado una casa en Mayfair. Había estudiado con atención las revistas que mostraban los hogares de la alta sociedad y, poco a poco, había hecho de su casa un modelo de buen gusto. Año tras año, la había decorado con hermosos objetos adquiridos durante sus giras como conferenciante. Solo la encargada de la limpieza conocía su existencia. Recibía el correo en un apartado postal. La casa y su contenido eran solo suyos. Vestido con su esmoquin, se sentaba en la biblioteca y, mientras su mirada recorría la habitación, disfrutaba y apreciaba cada hermoso cuadro y escultura delicada. Allí podía ser él mismo, «lord» Henry Longworth. Era el mundo de fantasía convertido en su realidad. Y después de cada viaje siempre se alegraba de regresar.

Oyó que Anthony Breidenbach, el director de animación, anunciaba que su conferencia sobre Shakespeare empezaría tras un descanso de quince minutos. A las tres y media sería el turno de la gemóloga Celia Kilbride.

21

Celia se alegró al ver que lady Emily, Roger Pearson y el profesor Henry Longworth se habían sentado en la primera fila del auditorio. No solo eso; también habían acudido los comensales de la mesa contigua a la suya en el restaurante.

Contaba con un público más o menos igual de numeroso que el que había escuchado a Longworth. Como siempre, justo antes de empezar a hablar sintió que una oleada de nerviosismo la paralizaba, pero desapareció tan rápido como había llegado.

—Una charla sobre la historia de la joyería debe empezar definiendo la palabra misma. Joya deriva de la palabra francesa *j-o-u-e-l*, que puede traducirse como «juguete».

»Aunque el hombre primitivo creaba joyas con conchas y otros objetos, es casi seguro que la primera joya fabricada con un metal precioso fue de oro. Resulta fácil entender por qué esta fue la opción natural. Hay oro por todo el mundo y a las sociedades primitivas les resultaba sencillo recoger el brillante metal en los lechos de los ríos.

»El oro tenía la ventaja de poder trabajarse con suma facilidad. No perdía el brillo ni estaba expuesto a la corrosión. Esa sensación de permanencia hizo que se asociara rápidamente con los dioses y la inmortalidad en muchas culturas y en textos antiguos. El Antiguo Testamento hace referencia al becerro de oro, y Jasón y los Argonautas buscaron el vellocino de oro en torno al año 1200 antes de Cristo.

»El deseo de oro era una constante en los reinos de Oriente Medio. El rey de Babilonia dijo: "En cuanto al oro, enviadme lo que podáis lo antes posible", y el rey de los hititas escribió en una carta: "Enviadme grandes cantidades de oro, más oro del que se le envió a mi padre".

»La imagen más perdurable del antiguo Egipto corresponde al oro, porque era considerado el material que componía el cuerpo de los dioses y el color de la divinidad.

Durante los veinte minutos siguientes habló de la evolución de la joyería y del momento en que empezaron a utilizarse diversas piedras preciosas.

Celia había decidido que, como Lady Em había reconocido abiertamente que estaba en posesión del collar de Cleopatra y que lo luciría a bordo, relataría la historia del collar y de las otras joyas fantásticas que habían adornado a la emperatriz egipcia durante sus treinta y nueve años de vida. La embelesada atención del público le confirmó que había tomado la decisión correcta.

Deleitó a los presentes con historias sobre la joyería egipcia antigua en general, incluyendo los ornamentos para la cabeza y el cuello, los collares y cinturones que adornaban el cuerpo, las pulseras, los anillos y las tobilleras.

No sabía que su oyente más atento era una persona que ya conocía la historia de todas aquellas gemas y que la felicitaba en silencio por su acertada presentación.

Antes de terminar, Celia adelantó que su segunda conferencia se centraría en exclusiva en el papel de la esmeralda en la historia de la joyería y que luego hablaría de la historia de algunos diamantes legendarios, como el Koh-i-Noor, que adornaba la corona de la reina Isabel de Inglaterra, y el diamante Hope, que fue donado al Smithsonian.

—Lady Emily Haywood —dijo para terminar—, que está

hoy aquí, es la actual propietaria del valiosísimo collar de Cleopatra, y tengo entendido que piensa lucirlo en este viaje antes de entregarlo al Instituto Smithsonian a su regreso a Nueva York. Como el diamante Hope, podrá ser apreciado por millones de visitantes cada año.

Lady Em se puso en pie.

—Tienes que contar la leyenda de la maldición del collar de Cleopatra —pidió la dama.

—¿Está segura?

—Desde luego.

—Cuando se le ordenó que se pusiera el collar en el barco que la llevaba cautiva a Roma —comenzó la joven en tono vacilante—, Cleopatra le lanzó una maldición: «El que lleve este collar al mar no vivirá para alcanzar la orilla».

Celia se apresuró a añadir que, por su propia naturaleza, las leyendas no se basan en realidades, y que estaba segura de que la del collar de Cleopatra no era una excepción.

Supo por la intensidad de los aplausos que su conferencia había tenido muy buena acogida. Muchas personas se acercaron hasta ella para decirle cuánto les había gustado, y tres mujeres preguntaron si las joyas antiguas que habían heredado podían tener más valor del que creían.

Siempre daba la misma respuesta a esa pregunta.

—Cuando regrese a Nueva York, tráigame a Carruthers todas las joyas que quiera valorar y estaré encantada de hacerlo.

Una mujer de casi setenta años no aceptó un no por respuesta. Llevaba un anillo en el dedo corazón de la mano izquierda.

—¿Verdad que es un diamante magnífico? —preguntó—. Mi nuevo amigo me lo regaló antes de zarpar. Es de cuatro quilates y fue extraído en Sudáfrica el año pasado.

Celia se metió la mano en el bolsillo y sacó una lupa. Se la acercó al ojo y examinó el anillo. Vio al instante que la piedra era un circonio.

—Vamos hasta la ventana para que pueda verlo con más luz —propuso.

Con una sonrisa y palabras de agradecimiento para las mujeres que la rodeaban, Celia se acercó a la ventana.

—¿Viaja usted con alguien? —preguntó, como quien no quiere la cosa.

—Sí, desde luego. Somos cuatro amigas, nos llamamos las Viudas Navegantes. Recorremos el mundo juntas. Todas estamos de acuerdo en que sería mucho más agradable estar con nuestros maridos, pero es lo que hay y tenemos que pasarlo lo mejor posible.

—Pero ha dicho que tiene un amigo —insistió Celia.

—¡Ah, sí! Tiene diez años menos que yo, aunque él dice que siempre ha salido con mujeres mayores. Está divorciado.

—Perdone, creo que no le he preguntado cómo se llama.

—Soy Alice Sommers.

—¿Dónde conoció a su amigo? —preguntó, tratando de aparentar que era algo sin importancia.

Alice se ruborizó.

—Ya sé que igual le parece una tontería, pero, solo por pasar el rato, me apunté a un servicio de citas en línea y Dwight respondió a mi perfil.

Otro artista del timo, pensó Celia. Y si las cuatro viudas pueden viajar a menudo, es que deben andar bien de dinero.

—Alice, voy a serle sincera. Esto no es un diamante auténtico, sino un circonio. Aunque es bonito, no vale nada. Me cuesta decirle esto, porque sé que seguramente se sentirá dolida y abochornada. Lo sé porque yo me sentí igual. Mi prometido me compró un precioso anillo de compromiso, pero luego me enteré de que engañaba a la gente para que metiera sus ahorros en su fondo de inversión y que había utilizado ese dinero, entre otras cosas, para comprar ese anillo. Mi consejo es que tire el anillo al mar y disfrute de la compañía de sus amigas.

Alice Sommers la escuchó. Guardó silencio unos instantes y luego se mordió el labio inferior.

—Me siento como una idiota —balbuceó—. ¡Y mis amigas trataban de avisarme! Celia, ¿me acompañaría a cubierta para ver cómo arrojo esta baratija por la borda?

—Estaré encantada —respondió con una sonrisa.

Sin embargo, mientras seguía a Alice al exterior cayó en la cuenta de que le había proporcionado un buen tema de cotilleo. Cualquiera de ellas buscaría su nombre en internet y conocería al instante todos los detalles de su relación con Steven. Y, sabiendo cómo funcionaba el mundo, la información se extendería como un reguero por el barco.

Ninguna buena acción queda sin castigo, se dijo al cabo de un minuto, mientras Alice se quitaba el circonio del dedo con una valiente sonrisa, lo lanzaba al aire y contemplaba cómo desaparecía entre las aguas cada vez más turbulentas.

22

Willy y Alvirah asistieron a las conferencias sobre Shakespeare y sobre etiqueta, así como a la de Celia. Al terminar, salieron a dar un paseo por cubierta.

Alvirah suspiró.

—¡Ay, Willy, qué interesante ha sido conocer las costumbres sociales de hace cien años! Además, las anécdotas de Celia sobre joyas han sido fascinantes. Y cuando el profesor Longworth ha recitado esos sonetos de Shakespeare, he pensado que me habría gustado aprenderlos cuando era joven. La verdad es que me siento una inculta.

—De eso nada —negó Willy con fervor—. Eres la mujer más lista que conozco. Seguro que a muchos les encantaría tener tu sentido común y tu capacidad para juzgar a las personas.

La expresión de Alvirah se animó.

—¡Siempre haces que me sienta bien! Pero, hablando de juzgar a las personas, ¿te fijaste en que Yvonne Pearson se marchó anoche nada más cenar, sin esperar a nadie?

—No me di cuenta.

—Pues yo vi que se acercaba a otra mesa y empezaba a repartir besos. Pensé que, siendo una invitada de lady Haywood, era de muy mala educación marcharse antes que ella.

—Supongo —convino Willy—. Pero no tiene importancia, ¿no?

—Otra cosa. Me tengo por una estudiosa de la naturaleza humana e intuyo que no hay amor entre Roger e Yvonne Pearson. Aunque estábamos en otra mesa, me di cuenta de que se ignoraban mutuamente.

»Pero ¿sabes quién me parece un encanto? Ese joven tan agradable, Ted Cavanaugh. Y siento mucho lo que le pasó a esa chica tan guapa, Celia Kilbride. Pensar en lo que le hizo ese buitre de su prometido... Por cierto, Ted no llevaba anillo de casado. En la mesa los estuve observando a los dos. Pienso que harían muy buena pareja. Y que tendrían unos niños preciosos.

Su marido sonrió.

—Sé lo que vas a decir, Willy, que soy una casamentera incorregible. ¿Te fijaste en la otra mujer que estaba en la mesa de Lady Em? Me refiero a Brenda Martin, su acompañante. Es una señora bastante corpulenta, con el pelo corto y canoso.

—Desde luego que me fijé en ella. No es ninguna belleza.

—Tienes razón. Pobrecilla. Pero esta mañana, cuando estabas haciendo el crucigrama, me he encontrado con ella dando un paseo. La cuestión es que hemos empezado a hablar. Al principio no decía gran cosa, pero después ha comenzado a abrirse. Me ha contado que lleva veinte años trabajando para Lady Em y que se dedica a recorrer el mundo con ella. «Debe de ser fascinante», le he dicho yo, pero ella se ha echado a reír y me ha respondido que la fascinación se pasa con el tiempo, y luego me ha contado que acababan de volver de East Hampton, donde han pasado el verano.

—Seguro que los tienes bien calados a todos —comentó Willy, e inspiró hondo—. Me encanta el olor del mar. ¿Te acuerdas de cuando íbamos a Rockaway Beach los domingos durante el verano?

—Claro que me acuerdo, y puedes estar seguro de que no existe una playa mejor, ni siquiera las de los Hamptons. De todas formas, el tráfico en los Hamptons es terrible, aunque siguen gustándome esas pensiones en las que nos hemos alojado. Brenda me ha contado que Lady Em tiene una mansión allí.

—¿Hay algo que no te haya contado Brenda? —preguntó Willy.

—No, eso es todo. ¡Ah, sí! Cuando he dicho: «Brenda, debes de estar encantada de vivir en esa mansión», ella ha contestado: «Me muero de aburrimiento». ¿No es raro que hable así de su jefa? —Alvirah sacudió la cabeza—. Leyendo entre líneas, tengo la sensación de que Brenda está harta de estar a la entera disposición de Lady Em. En fin, hizo comentarios como: «Lady Em está leyendo y me ha dicho que podía dar un paseo de una hora. Exactamente una hora». ¿No te da la impresión de que la pobre mujer está de guardia las veinticuatro horas, los siete días de la semana, y no le gusta ni pizca?

—Eso parece —convino Willy, y añadió—: A mí tampoco me gustaría. Por otro lado, ¿por qué iba a cambiar de trabajo a estas alturas? Lady Em tiene ochenta y seis años, no deben de quedarle muchos de vida.

—Desde luego —se apresuró a decir Alvirah—. Pero tengo la impresión de que Brenda Martin está hasta las narices de Lady Em. Lo digo muy en serio.

23

Celia no bajó a cenar. Pasó el resto de la tarde leyendo en una tumbona de su balcón privado.

Por un lado, era una buena forma de relajarse después de la conferencia; por otro, le resultaba difícil concentrarse en el libro. El mismo pensamiento la distraía una y otra vez. ¿Y si la fiscalía decide acusarme? No tengo dinero para seguir pagando a un abogado.

La dirección de Carruthers se había mostrado comprensiva hasta ese momento. Sin embargo, cuando se publicase el artículo de *People* era probable que la despidieran o, por lo menos, que la invitaran a tomarse una excedencia.

A las seis pidió la cena: ensalada y salmón. A pesar de su sencillez, fue incapaz de terminársela. Al volver a la suite se había vestido con unos pantalones y una blusa, pero ahora decidió ponerse el pijama e irse a dormir. De pronto se sentía muy cansada, y recordó que la noche anterior no había pegado ojo.

Antes de que entrara el mayordomo para abrir la cama, puso en el pomo de la puerta un cartel de SILENCIO, POR FAVOR. Creo que suena más amable que NO MOLESTEN, se dijo con ironía.

Se durmió al instante.

24

Se había recomendado una vestimenta formal para la cena, por lo que los hombres iban de etiqueta y las mujeres lucían vestidos de cóctel o de noche. En la mesa de Alvirah y Willy el tema de conversación eran las tres conferencias y lo entretenidas que habían resultado.

A pocos metros de distancia, Lady Em hablaba con elocuencia del hogar ancestral de sir Richard.

—Era absolutamente espléndido —decía—. Imagínense *Downton Abbey*. Por supuesto, después de la Primera Guerra Mundial todo se simplificó, pero mi marido me contó que, en tiempos de su padre, el personal de servicio se componía de veinte personas. Todo el mundo se vestía para cenar, y los fines de semana la casa se llenaba de invitados. El príncipe Bertie, como lo llamaban, acudió muchas veces. Como todo el mundo sabe, cuando abdicó el rey Eduardo VIII, Bertie se convirtió en el rey Jorge VI, padre de la reina Isabel.

Cómo no, pensó Yvonne, aunque se las arregló para mantener una atenta sonrisa en su rostro.

Después de cenar, Lady Em decidió volver directamente a su suite.

—Roger —dijo la aristócrata cuando este le ofreció el brazo—, me gustaría tener una reunión tranquila contigo mañana a las once en mi suite. Ven solo.

—Como guste, Lady Em —aceptó Roger—. ¿Hay algo especial que tengamos que comentar?

—¿Y si lo hablamos por la mañana? —sugirió ella.

Cuando la dejó ante su puerta, no se percató de cuánto le había perturbado su informal petición.

25

Al final de la cena, Devon Michaelson había decidido que sería buena idea consolidar su identidad ante sus compañeros de mesa, Ted Cavanaugh, los Meehan y Anna DeMille: hacerlos partícipes de que era un viudo que viajaba en el barco con el único propósito de esparcir las cenizas de su difunta esposa en el mar.

—Las arrojaré desde la cubierta superior mañana a las ocho en punto de la mañana —anunció—. Después de pensarlo mucho, he decidido que me gustaría compartir la ceremonia con todos. Alvirah y Willy, ustedes conmemoran su cuadragésimo quinto aniversario de boda. Anna, usted celebra haber ganado la rifa de la parroquia. Ted, no sé si celebra algo, pero también me gustaría que viniese. A mi modo, estoy celebrando treinta años de felicidad con mi querida Mónica.

—¡Estaré allí! —exclamó al instante y con fervor Anna DeMille.

—Estaremos allí, por supuesto —secundó Alvirah con dulzura.

Devon volvió la cabeza como si parpadeara para no llorar. En realidad, estaba contemplando el juego de collar y pendientes de rubíes y diamantes que Lady Em había elegido para esa noche.

Muy bonito, pensó; muy, muy caro, pero nada que ver con el collar de Cleopatra.

Volvió a centrar su atención en su propia mesa.

—Gracias —dijo con voz áspera—. Son todos muy amables.

26

Yvonne se fue directa a su suite mientras Roger acompañaba a Lady Em a la suya. Cuando su marido regresó, la encontró de pésimo humor. Dana y Valerie se habían marchado con otras amigas y no la habían invitado a unirse a ellas.

—¡No soporto escuchar a esa vieja e insufrible arpía ni cinco minutos más! —arremetió contra él—. ¡No eres de su propiedad! Dile que trabajas para ella de lunes a viernes, ¡y punto!

Roger dejó que terminara su frase y acto seguido empezó a replicarle a gritos.

—¿Acaso crees que me gusta tener que besarlc los pics a esa carcamal? Pero tengo que hinchar cada factura para que tú sigas viviendo tal como te gusta. Lo sabes igual que yo.

Yvonne lo fulminó con la mirada.

—¿Quieres bajar la voz? Se te oye desde el puente de mando.

—¿Y no crees que también se te oye a ti? —replicó él, aunque bajó la voz.

—Roger, ¿quieres decirme por qué...? —Entonces vio que su marido sudaba copiosamente y se había puesto muy pálido—. Pareces enfermo. ¿Qué ocurre?

—Lo que ocurre es que Lady Em quiere verme mañana por la mañana a solas en su suite.

—¿Y qué?

—Creo que sospecha algo.

—¿Qué puede sospechar?

—Que llevo años maquillando sus cuentas.

—¿Qué has dicho?

—Ya me has oído.

Yvonne lo miró fijamente.

—¿Lo dices en serio?

—Pues sí, cariño, lo digo en serio.

—Y si sospechase, ¿qué haría?

—Seguramente, cuando vuelva a Nueva York, contratar a otra firma de contabilidad para que las revise.

—¿Y qué significaría eso?

—Veinte años en una prisión federal.

—¡Lo dices en serio!

—Muy en serio.

—¿Y qué vas a hacer al respecto?

—¿Qué sugieres? ¿Que la arroje por la borda?

—Si no lo haces tú, lo haré yo.

Se miraron fijamente.

—Puede que no haya otro remedio —aseguró Roger con voz temblorosa al cabo de unos instantes.

27

Alvirah y Willy pasaban por delante de la suite de Roger e Yvonne cuando oyeron sus gritos. Alvirah se detuvo en seco para escuchar lo que decían. Las últimas palabras que captó fueron «prisión federal», ya que otra pareja se acercaba por el pasillo y tuvo que reanudar la marcha.

En cuanto Willy cerró la puerta de su suite, Alvirah se volvió hacia él.

—¿Has oído todo eso? Odian a esa pobre anciana.

—He oído más aún. Creo que él le está robando. Las últimas palabras que he oído han sido «veinte años en una prisión federal».

—Willy, creo que están desesperados. Y me parece que ella está aún más desesperada que él. ¿Te parece posible que alguno de los dos intente hacerle daño a Lady Em?

28

Durante la cena, el profesor Henry Longworth percibió la tensión en la mesa de Lady Em y declinó la invitación a tomar un cóctel al acabar. En lugar de eso, se marchó directamente a su suite e introdujo unas notas en su ordenador.

No tardó mucho. Escribió acerca de la hostilidad encubierta que acechaba en la velada y sobre las miradas furtivas que una persona de la mesa contigua dirigía a las joyas de Lady Em. Esos datos le serían útiles. Muy interesante, se dijo con una sonrisa.

Luego se dedicó a ver las noticias durante una hora. Finalmente, antes de acostarse, pensó en Celia Kilbride. La llamada telefónica que había recibido la víspera en el salón de cócteles le había intrigado, así que se buscó información sobre ella en internet. Lo que encontró fue toda una revelación. Leyó que la hermosa y joven gemóloga podía estar implicada en un fraude, aunque no estaba acusada.

¿Quién lo habría dicho?, se preguntó, divertido. Decidió irse a la cama. Tardó casi media hora en dormirse. No dejaba de pensar en el cóctel del capitán. ¿Sería la ocasión elegida por Lady Em para lucir el collar de Cleopatra, su valiosísimo collar de esmeraldas?

29

El capitán Fairfax ya se había acostado. Solía leer veinte minutos cada noche para relajarse antes de meterse en la cama. Estaba a punto de apagar la lámpara de la mesilla cuando sonó el teléfono. Era el jefe de máquinas.

—Capitán, tenemos problemas de propulsión. Son poco importantes y estamos haciendo pruebas con cada uno de los motores. Esperamos tenerlo resuelto en las próximas veinticuatro horas.

—¿Ha sido necesario aminorar la marcha?

—Sí, señor, pero podemos mantener una velocidad de veinticinco nudos.

Fairfax empezó a hacer cálculos mentales.

—Muy bien. Manténgame al corriente —ordenó, y colgó.

El capitán pensó en la actividad frenética que los esperaba en Southampton. Un pequeño ejército de limpiadores estaría listo para asear a fondo el barco y prepararlo para la llegada de los nuevos pasajeros. Renovarían las provisiones y se llevarían la basura. Todo ello sucedería en el breve intervalo de tiempo entre el desembarco de media mañana y la llegada a bordo de los nuevos viajeros a media tarde. El proceso funcionaba como un reloj. Pero el reloj tenía que ponerse en marcha a tiempo, con la llegada a Southampton del *Queen Charlotte* antes de las seis de la mañana.

Todo irá bien, trató de convencerse. Podemos recuperar el tiempo que perdamos en las próximas veinticuatro horas navegando más rápido cuando se resuelva el problema de los motores. Todo saldrá bien, siempre que no ocurra nada más que demore nuestra llegada.

Día 3

30

Celia se sorprendió al despertarse a las siete y media de la mañana, tan temprano. ¿Qué esperabas?, se preguntó. Anoche te acostaste a las ocho y media, así que has dormido once horas. Seguía teniendo la sensación de cargar el peso del mundo sobre los hombros. ¡Venga ya!, decidió, ¡ponte las pilas! Sal a estirar las piernas. Despéjate un poco.

Se puso con rapidez una sudadera y unos pantalones y salió a la cubierta de paseo. Le extrañó ver allí a Willy y Alvirah.

Iba a pasar junto a ellos con un gesto amable a modo de saludo, pero Alvirah no lo consintió.

—¡Ah, Celia! —exclamó—. Tenía muchas ganas de conocerte. Sé que ayudaste a Willy a escoger este precioso anillo de zafiros y diamantes. Es lo más bonito que he tenido nunca.

—Me alegro mucho de que te haya gustado —respondió con sinceridad—. Tu marido no sabía cómo ibas a reaccionar.

—Ya sé a qué te refieres. Seguro que pensaba que diría que era demasiado caro. ¿Sabías que Devon Michaelson va a echar al mar las cenizas de su esposa? Nos ha pedido a los que nos sentamos en su mesa que nos reunamos con él para celebrar una pequeña ceremonia.

—Entonces me marcho —se apresuró Celia.

Sin embargo, ya era demasiado tarde. Michaelson apareció antes de que ella pudiera seguir andando.

—Le he contado a Celia por qué estamos aquí —dijo Alvirah.

El hombre sostenía entre las manos la urna de plata.

—Quería decirle lo mucho que me gustó su charla, señorita Kilbride.

—Gracias. Debe de ser un momento difícil para usted. Cuando murió mi padre hace dos años, llevé sus cenizas a Cabo Cod y también las esparcí en el mar.

—¿Fue usted sola?

—No, me acompañaron unos amigos íntimos.

—Pues tal vez desee unirse a mí, junto con mis amigos de la mesa.

Devon Michaelson tenía la expresión de un hombre destrozado. Celia sintió que la pena le atenazaba el corazón.

—Desde luego, si usted desea que me quede.

Al cabo de un minuto llegaron Ted Cavanaugh y Anna DeMille.

—¡Qué frío hace! —exclamó DeMille—. Debería haberme puesto una chaqueta más abrigada. Pero no importa —se apresuró a añadir—. Todos queremos estar aquí con usted, Devon.

Con lágrimas en los ojos, le dio unas palmaditas en el hombro.

Intenta parecer la más afectada, pensó Alvirah. Miró a Willy, que asintió con la cabeza para indicarle que sabía lo que estaba pensando.

—Les agradezco a todos ustedes que me acompañen hoy —comenzó a decir Devon—. Quiero dedicar unos momentos a hablarles de Mónica. Nos conocimos en la universidad, en Londres, hace treinta y cinco años. Puede que algunos sepan qué es el amor a primera vista.

Alvirah miró a Willy con una palabra muda en los ojos: «Nosotros».

Anna DeMille contemplaba con arrobo a Devon Michaelson.

—No soy cantante, pero si lo fuera, elegiría la canción favorita de Mónica, de la película *Titanic*, «Nearer My God to Thee».

—Pasaba por aquí y no he podido evitar oírlo —lo interrumpió el capellán Kenneth Baker, que se había detenido ante el grupo. Miró a Devon—. ¿Puedo bendecir la urna con las cenizas de su esposa?

Alvirah notó que el rostro de Devon Michaelson, muy colorado, adoptaba una expresión de sobresalto.

—Por supuesto, padre, gracias —accedió con voz vacilante.

En voz baja, el padre Baker pronunció las palabras del entierro cristiano.

—Que el coro de los ángeles te reciba —concluyó—. Amén.

Antes de que Devon se volviera y levantara la urna para esparcir las cenizas en el mar, Alvirah pudo ver su cara. No está triste, pensó. Se siente incómodo porque el padre Baker se ha ofrecido a bendecir la urna. La gran pregunta es: ¿por qué?

Lo vieron abrir la urna y volcarla. Las cenizas danzaron en la brisa antes de descender y desaparecer en las aguas encrespadas.

31

Lady Em comenzó a elegir las joyas que luciría esa noche en la fiesta del capitán.

—Creo que me pondré el collar de Cleopatra —le comentó a Brenda—. Pensaba estrenarlo mañana, en la cena con el capitán, pero ¿por qué no llevarlo también hoy? Hace cincuenta años que lo tengo y jamás lo he lucido en público.

Sus ojos adquirieron una expresión soñadora mientras recordaba las cenas íntimas con Richard en las que él le relataba una y otra vez cómo había comprado su padre el collar.

—¿Qué opinas, Brenda?

—¿Por qué no? —respondió esta en tono indiferente, aunque rectificó enseguida—: Oh, Lady Em, lo que quiero decir es que, puesto que tiene tan pocas oportunidades de llevarlo, ¿por qué no iba a exhibir su collar varias veces en este barco, sobre todo ahora que, tras la conferencia de Celia Kilbride, todo el mundo espera verlo?

—Y quizá ver también si se cumple la maldición de Cleopatra en los próximos días —añadió Lady Em con sequedad.

Nada más pronunciar esas palabras, la anciana sintió que un escalofrío recorría su cuerpo.

—Desde luego que no —afirmó Brenda—. Llevo veinte años con usted y nunca la he oído decir nada parecido. Y no me gusta oírla hablar así. Nunca he visto el collar de Cleopatra, pero ya no me gusta.

—Las únicas personas que lo han visto en los últimos cien años son mi marido, su padre y yo.

Brenda había expresado su inquietud con tanta pasión y sinceridad que Lady Em se reprochó a sí misma su suspicacia al sospechar que su asistente pudiera no ser leal. Estoy tan disgustada con Roger que quizá me haya mostrado brusca con ella en los últimos días, pensó, y eso no es justo, desde luego.

Habían colocado sobre la cama las bolsitas con las joyas, y las fue abriendo una a una. La primera contenía el anillo, el collar y los pendientes de perlas que había lucido la primera noche a bordo. Deben de ser las piezas más valiosas después del collar de Cleopatra, se dijo Lady Em.

—Brenda, supongo que ya te habré contado que la esposa del gran cantante de ópera Caruso escribió unas memorias acerca de su vida con él. En ellas hablaba de una ocasión, cuando tenía veintiún años, en la que acudieron a Delmonico después de una actuación. Todas las personas importantes se acercaron a su mesa para rendirle homenaje. En sus memorias, ella escribió: «Y yo estaba envuelta en marta cibelina, perlas y emoción».

—Me parece que ya me lo contó —le respondió Brenda en tono amable.

—Seguro que sí —convino alegremente Lady Em—. Supongo que, a medida que te haces mayor, hablas cada vez más del pasado. —Cogió un brazalete de diamantes—. Hace años que no me pongo esto. Las joyas más caras que he traído a este crucero son las perlas que llevé la noche en que zarpamos, el collar de rubíes y diamantes y, por supuesto, el collar de esmeraldas. Me lo pondré esta noche. Pero esta pulsera me encanta. Richard me la compró una mañana que pasamos por delante de Harry Winston, en la Quinta Avenida. Nos detuvimos a mirar el escaparate y me llamó la atención. Richard me empujó al interior. Al cabo de unos momentos la llevaba puesta. Pagó ochenta mil dólares por ella. Cuando protesté, dijo: «No es tan cara. Póntela para ir de pícnic».

»Dios mío, cómo me mimaba. Pero es que era el hombre más generoso del mundo. Colaboraba con muchas organizaciones benéficas. —Su expresión cambió al examinar la joya con atención—. Esta pulsera no está bien. Algo les pasa a los diamantes; han perdido ese precioso tono azulado.

Miró a Brenda y vio su expresión de consternación y miedo. ¿Qué le pasa?, se preguntó Lady Em, y luego volvió a estudiar el brazalete. No es el que me regaló Richard, decidió. Estoy segura. Llevo años sin ponerme apenas mis joyas. ¿Es posible que me las haya robado y las haya sustituido por imitaciones?

En ese instante supo que estaba en lo cierto. Que no se dé cuenta de que lo sabes, se advirtió a sí misma.

—Cuando tengas un momento, sácales brillo con la gamuza —ordenó—. Si no es suficiente, le encargaré a Celia Kilbride que los limpie a fondo en cuanto volvamos a casa.

Lady Em suspiró.

—Ya me he cansado de juguetear con mis joyas. Creo que me acostaré un momento. Le he pedido a Roger que venga a verme a las once. Quiero hablar con él en privado. ¿Por qué no te tomas un rato libre?

32

Después de la ceremonia con Devon Michaelson, Celia accedió de mala gana a comer con Alvirah y Willy en el bufet libre.

—He leído en el folleto que hay de todo: desde sushi hasta comida china y del centro de Europa —le contó Alvirah.

Habían quedado a la una en punto en el restaurante. Antes, la joven dio un largo paseo por cubierta.

Tras regresar a su camarote, se duchó, se puso unos pantalones azules y una blusa azul y blanca, pidió el desayuno y empezó a repasar las notas para sus conferencias. Ese día hablaría de otras joyas legendarias a lo largo de los siglos; contaría la historia de algunas piezas regaladas por amor, para apaciguar a un enemigo o como soborno.

Una de las anécdotas trataba acerca de la elegante esposa de William Randolph Hearst, quien descubrió que su marido había construido el castillo de San Simeón para su amante, la actriz Marion Davies. Celia repasó en su cabeza lo que diría:

«"Cuando él empezó en el negocio de la prensa, yo estuve allí, y le di cinco hijos", le había dicho la señora Hearst a una amiga. Luego se fue a Tiffany's, encargó un magnífico collar largo de perlas y pidió a la dependienta que le enviara la factura a su marido. Según cuentan, él no dijo nada al recibirla.

»Años después, una heredera de los Hearst y su marido fueron invitados a una cena de gala en el *Britannia*, donde la reina Isabel II navegaba hacia Los Ángeles. La señora Hearst lucía las esmeraldas de la familia. Cuando embarcó en el *Britannia*, la reina llevaba también unas magníficas esmeraldas. La señora Hearst le confió a una amiga: "¡Comparadas con las de ella, las mías parecían salidas de una bolsa de cacahuetes!"».

La última anécdota personal trataría acerca del rey de Arabia Saudí, que acudió acompañado de su hija a una cena de Estado en la Casa Blanca. La princesa, de veintidós años, hizo esperar al presidente veinte minutos, saltándose el protocolo de forma imperdonable. Sin embargo, los medios de comunicación olvidaron ese detalle, centrados como estaban en su collar de tres vueltas, una asombrosa combinación de valiosas gemas que incluían desde diamantes hasta rubíes, pasando por esmeraldas y zafiros.

Es muy humano disfrutar con anécdotas tan jugosas, pensó Celia, y contar unas cuantas siempre anima una conferencia.

Segura de estar preparada para la presentación, Celia miró su reloj de pulsera. Era la una menos cuarto: hora de reunirse con Alvirah y Willy en el restaurante. No es que sea precisamente un autoservicio, pensó, recordando otros lujosos cruceros en los que había estado y que ofrecían la misma clase de servicio. Cuando un pasajero había terminado de elegir, siempre había un camarero disponible para llevar la bandeja a una mesa y servir la bebida.

Volvió a mirar su reloj y decidió que le sobraba tiempo para llamar a su abogado. Quería saber si el artículo de la revista *People* había cambiado la percepción que se tenía de ella. Randolph Knowles no estaba en su despacho, pero su secretaria le prometió que le devolvería la llamada.

—¿Se sabe algo de la fiscalía? —preguntó Celia sin poder evitarlo.

—No, nada. ¡Ah, espere un momento! El señor Knowles acaba de entrar. La señorita Kilbride está al teléfono —la oyó decir.

—Hola, Celia —saludó Randolph.

En ese momento supo que no iba a oír buenas noticias, así que no se anduvo por las ramas.

—¿Qué pasa? —preguntó.

—Las cosas no van bien —contestó Randolph—. Tu ex-novio es un embustero tan convincente que me acaban de llamar de la fiscalía para decirme que es posible que el FBI vuelva a hablar contigo cuando regreses.

Volveré en avión desde Londres en cuanto atraquemos en Southampton, pensó aturdida; solo faltan unos días. Recordó el rostro pétreo de los agentes del FBI que la habían interrogado.

—Ya te acribillaron a preguntas —continuó el abogado— y acabaron creyéndote. Esto solo es un obstáculo más.

Sin embargo, su tono dejaba muy claro que no estaba convencido del todo.

—Eso espero.

Celia pulsó el botón rojo de su teléfono móvil. Ojalá no les hubiera prometido a los Meehan que comería con ellos, pensó con vehemencia. Pero lo había hecho, y al cabo de unos minutos un camarero le ofrecía una silla en la mesa del matrimonio.

Ambos sonrieron y Alvirah la saludó con afecto.

—Estamos encantados de poder charlar contigo. Willy me contó que al principio se arrepintió de haber entrado en Carruthers para preguntar el precio de algunos de los anillos que vio en los escaparates, pero entonces llegaste tú e hiciste que se sintiera cómodo.

No añadió que se moría de ganas de hablar con ella acerca

del estafador de su exnovio. Estaba segura de que, cuando se celebrara el juicio, le pedirían que lo cubriera en su columna del *Globe*.

Por supuesto, no iba a abordar el tema de inmediato.

—¿Por qué no elegimos ya? —sugirió—. Así podremos charlar luego.

Sin embargo, unos minutos más tarde, cuando Willy disfrutaba de un plato de sushi y ella daba buena cuenta de un cuenco de *linguini* con salsa de almejas, se percató de que Celia apenas había probado su ensalada de pollo.

—Si no te gusta la ensalada, puedes pedir otra cosa —dijo Alvirah.

La joven notó que se le hacía un nudo en la garganta y los ojos se le llenaban de lágrimas. Se apresuró a sacar las gafas de sol del bolso, pero Alvirah ya se había dado cuenta.

—Celia —empezó en tono cariñoso—, sabemos lo mal que lo estás pasando.

—Creo que lo sabe todo el mundo. Y quien no lo sepa se enterará hoy.

—Por desgracia, lo que hizo tu prometido es demasiado frecuente, pero todos lamentamos que te hayas visto afectada por ese embrollo.

—Todos salvo mis mejores amigos, que perdieron un dinero que no les sobraba y me reprochan que les presentase a Steven.

—Tú también perdiste dinero —apuntó Willy.

—¡Doscientos cincuenta mil dólares! En otras palabras, hasta el último centavo que tenía.

A su pesar, debía reconocer que resultaba reconfortante desahogarse con unas personas prácticamente desconocidas. Pero entonces recordó que Willy le había hablado mucho de ellos cuando lo ayudó a elegir el anillo. Le contó que Alvirah había creado un grupo de apoyo para personas que habían ganado premios en la lotería y evitar que las estafasen. Willy le cayó bien desde el primer momento, y Alvirah le gustó en cuanto su marido le describió su forma de ser.

Y era un alivio poder compartir su inquietud con unas personas que la miraban con expresión amable y comprensiva.

Las palabras salieron por sí solas.

—Steven concedió una entrevista a la revista *People* en la que declaraba que yo participé en el plan para crear su fondo presentándole a mis amigos. Hoy saldrá la noticia en todos los medios de comunicación. Ahora, por culpa del artículo, parece que el FBI quiere volver a interrogarme cuando vuelva a Nueva York.

—¡Tú dijiste la verdad! —exclamó Alvirah, y no era una pregunta.

—Desde luego.

—Y ese Steven, o como se llame, os ha mentido a ti y a todos los demás, ¿no es así?

—Sí.

—Entonces ¿por qué no iba a mentirle también a la revista *People*?

Celia sintió que la seguridad de Alvirah empezaba a quitarle de los hombros parte de la abrumadora preocupación, aunque no toda. No iba a contarles ahora que su puesto de trabajo en Carruthers estaba en peligro. Sabía que al director general le había disgustado que una de sus empleadas estuviera relacionada con un fraude. Ahora, cuanto más lo pensaba, más segura estaba de que, cuando volviera a Nueva York, en el mejor de los casos la obligarían a coger una excedencia. No puedo hacer frente al alquiler de mi apartamento y a todos los demás gastos, como el seguro, la luz, el agua y el teléfono, durante más tres meses, por no hablar de las minutas del abogado, pensó. Y luego, ¿qué? ¿Querrá contratarme alguna empresa de joyería?

Todas esas ideas pasaron por su mente en un instante, pero

luego parpadeó para enjugar las lágrimas que no habían caído y se forzó a sonreír.

—Me siento como si hubiera ido a confesarme.

—Recuerda bien lo que te voy a decir, Celia —dijo Alvirah con voz firme—. No necesitas ninguna absolución, de ningún modo, forma ni manera. Ahora, cómete la ensalada. Todo saldrá bien; tengo una corazonada.

33

La suite de Brenda se hallaba una planta por debajo de la de Lady Em. Era más pequeña, pero contaba con servicio. Cuando Lady Em decidió que le sirvieran la comida en su suite y que después descansaría durante una hora, Brenda acudió al bufet. Aunque la preocupación estaba a punto de volverla loca, no había perdido el apetito. Se dirigió a la sección de comida china y se sirvió sopa wonton, arroz frito con cerdo y una empanadilla al vapor. Luego, obedeciendo a un impulso, cogió una galletita de la suerte. Mientras un camarero llevaba su bandeja a una mesa pequeña situada junto a la ventana, recorrió el comedor con la mirada. A unas seis mesas de distancia vio a Celia con Alvirah y su marido, quienes mantenían una animada conversación. Ellos no tienen que hablar por hablar, se dijo con sarcasmo.

Sus ojos se llenaron de odio al mirar a Celia. Ella es la que podría meterme en la cárcel, pensó con amargura.

—Aquí tiene, señora —dijo el atractivo camarero asiático mientras trasladaba los platos de la bandeja a la mesa.

Brenda no dio las gracias. El hombre le preguntó si quería algo de beber.

—Café con leche y azúcar —contestó ella en tono despectivo.

¿Qué voy a hacer?, se preguntó. ¿Y por qué se le ocurre

pensar de repente a Lady Em que sus joyas no están bien? Lleva años sin hacer ni caso a la mayoría de las piezas de su colección, que no para de aumentar. Un día se compra un anillo de diez mil dólares y otro una pulsera de cuarenta mil que ha visto en un escaparate, como hizo en la isla de Saint Thomas. Se pone sus joyas nuevas unas cuantas veces y después las mete en la caja fuerte del apartamento y no vuelve a sacarlas nunca más.

Brenda empezó a tomar la sopa wonton mientras pensaba en Ralphie. Se habían conocido cinco años atrás y estaban juntos desde entonces. No le había hablado de él a Lady Em, por supuesto. Ralph era un vendedor de seguros de sesenta y siete años que ella había alojado encantada en el apartamento de tres habitaciones que Lady Em le había comprado a Brenda para que pasara allí sus fines de semana libres. No es que tenga muchos, pensó con resentimiento. Pero cuando ella se acuesta, como el ama de llaves se queda a dormir, puedo escaparme hasta allí.

Cuando le habló a Ralph de la increíble colección de joyas de Lady Em, él le preguntó con cuánta frecuencia lucía todas aquellas piezas. Ella le contó que muchas veces Lady Em se compraba un collar, unos pendientes, un anillo o una pulsera que le habían llamado la atención, los llevaba unas cuantas veces y luego los olvidaba por completo o sencillamente no se molestaba en volver a ponérselos.

—¿Está todo asegurado? —fue la siguiente pregunta de Ralph.

La respuesta fue que Lady Em solo aseguraba las piezas que valían más de cien mil dólares.

Y así empezó todo. Ralph tenía un amigo joyero que colaboraba con ellos para sustituir las joyas de la caja fuerte de Lady Em por gemas falsas. Era muy fácil. Brenda tenía el código de la caja. Sacaba una pieza y se la daba a Ralphie. Este se la llevaba al joyero, que creaba una pieza de aspecto similar.

Cuando estaba lista, Brenda la guardaba en la caja. La única joya que no estaba en la caja fuerte y que ella nunca había visto era el collar de Cleopatra.

Ahora, mientras dejaba a un lado el cuenco de sopa vacío y empezaba a saborear su arroz frito con cerdo, se maldijo a sí misma por haber sido tan tonta como para sustituir la pulsera «de pícnic» que sir Richard le había comprado a Lady Em cuando paseaban por la Quinta Avenida. La vieja dama la apreciaba mucho. He oído esa anécdota tantas veces... Tenía que haber sabido que no debía cogerla, se lamentó con amargura.

Ralphie y ella tenían más de dos millones de dólares gracias a la venta de las joyas, pero ¿de qué les serviría si Lady Em encargaba a Celia Kilbride que revisara esa pulsera o cualquiera de las otras piezas sustituidas? Los denunciaría, eso seguro. No dudó en hacerlo años atrás con un cocinero que hinchaba las facturas de comida.

—Le pago muy bien —le dijo—. Ahora será usted quien pague por su codicia.

Brenda se terminó todo el plato y se dirigió a la sección de postres. Eligió una generosa porción de tarta de chocolate y regresó a la mesa. Ya la habían despejado, excepto la taza de café, que volvía a estar llena.

Me gusta viajar así, evocó. Por lo menos, me gustaba hasta que conocí a Ralphie y me enamoré. He de decir que estos veinte años con Lady Em han sido interesantes: los viajes por todo el mundo, las obras de Broadway, las personas que he conocido...

Cuando volvieran a Nueva York el jueves sería el principio del fin, todo iría muy rápido. Sin embargo, si le ocurriese algo a Lady Em antes, desaparecerían sus preocupaciones, y los trescientos mil dólares que tenía previsto dejarle en su testamento serían suyos.

Brenda abrió su galletita de la suerte. «Se aproximan grandes cambios en tu vida. Prepárate.» Bueno, eso podía ser muy bueno o muy malo, pensó mientras arrugaba el papelito y lo dejaba caer.

Echó un vistazo hacia la mesa de Celia Kilbride y los Meehan. Se estaban levantando. De pronto se le ocurrió una idea. ¿Lady Em estaría lo bastante preocupada por el brazalete como para pedirle a Celia que lo examinara antes de regresar a Nueva York? En tal caso, ¿podría asegurar Celia que nunca se había expuesto en el escaparate de Harry Winston? Claro que sí.

Era otra inquietante posibilidad.

34

La entrevista con Lady Em había terminado por confirmar los temores de Roger.

—Te agradezco mucho cómo has llevado mis asuntos —empezó ella con suavidad—, pero soy muy mayor y tengo problemas de corazón. Como sabes, casi todo mi dinero irá a parar a las organizaciones benéficas que siempre he apoyado. Si surge alguna duda en cuanto a lo que tengo o su procedencia, quiero estar aquí para solucionarlo. Por eso, aunque confío en ti y en la labor que has hecho, creo que sería conveniente encargarle a una firma de contabilidad externa que revise todas mis cuentas y se asegure de que mis asuntos están completamente en orden.

Lady Em se deshizo de él y de sus protestas aduciendo que no quería llegar tarde a la peluquería.

Dos horas después, Yvonne y Roger eran los primeros comensales de su mesa para el servicio de almuerzo en el comedor. Habían acudido con la esperanza de poder hablar con Lady Em. Intentarían convencerla para que no se gastara una fortuna en una innecesaria revisión de sus finanzas.

Roger se había pasado casi toda la noche sin dormir, planeando cómo enfocar el asunto si Lady Em lo abordaba durante la reunión.

Cuando tuviese ocasión, le haría ver que las organizaciones benéficas encargarían a sus propios abogados que examinaran minuciosamente los términos de su testamento y sus propiedades. A su edad, ¿por qué tomarse esas molestias? Su principal argumento sería que Hacienda había revisado todas sus declaraciones a lo largo de los años y jamás había ordenado una inspección. «Y créame, Lady Em», diría, «en Hacienda miran sus ingresos con lupa».

La posibilidad de disuadirla se volvió tan alcanzable en su mente que empezó a sentirse mejor.

—Y deja de poner esa cara de aburrimiento —le advirtió a su esposa mientras esperaban a Lady Em sentados a la mesa—. Tú tampoco eres muy interesante que digamos.

—¡Mira quién habla! —le espetó Yvonne, aunque se esforzó por adoptar una expresión afable.

Al cabo de un cuarto de hora les quedó claro que comerían solos y pidieron el almuerzo. Se lo estaban sirviendo cuando el profesor Longworth entró en la sala y se sentó con ellos.

—No hemos tenido ocasión de charlar —saludó con una sonrisa—, así que será agradable pasar un rato a solas con ustedes.

Roger correspondió con unas palabras amables mientras Yvonne se preguntaba si el profesor empezaría a hablar de Shakespeare. Había soportado la conferencia de la víspera, pero no tenía intención de asistir a la siguiente. No tenía ningún interés en hablar con él.

Su mente volvió a su preocupación más recurrente: la posibilidad de que, si Lady Em encargaba una revisión externa de sus finanzas, Roger acabara en la cárcel. No confiaba en absoluto en la capacidad de su marido para conseguir que la aristócrata cambiase de opinión.

Empezó a considerar mentalmente sus propias opciones. ¿Divorciarse de Roger antes de que estallara el inevitable escándalo? Eso podía contribuir a evitarle problemas legales, pero si se demostraba que él era un malversador, seguramente les embargarían la práctica totalidad del dinero que había en sus cuentas.

Se le ocurrió otra posibilidad: Roger tiene un seguro de vida de cinco millones de dólares, y yo soy la única beneficiaria. Si algo le sucediese, ese dinero sería para mí.

Y le gusta sentarse en la barandilla de nuestro balcón aunque el mar esté agitado.

35

La segunda conferencia de Celia contó con una asistencia aún más numerosa que la primera. Sonrió al ver a Lady Em sentada junto a Alvirah y Willy en la primera fila. Las dos mujeres charlaban animadamente, y Celia tuvo la certeza de que, para cuando ella empezase a hablar, Alvirah se habría convertido en la nueva amiga de Lady Em. El público guardó silencio mientras se dirigía al atril. Antes de comenzar miró a Alvirah, que le dedicó una sonrisa alentadora.

Mi nueva mejor amiga, pensó.

Agradeció su asistencia a los presentes y comenzó la charla.

—Las esmeraldas empezaron a utilizarse como joyas poco después que el oro. El nombre de esta piedra preciosa procede del término que designa el color verde en griego antiguo. Las primeras minas de esmeraldas de las que se tiene noticia estaban en Egipto. Los investigadores las han datado en torno al año 330 antes de Cristo y seguían explotándose en el siglo XVIII. Se dice que Cleopatra prefería las esmeraldas por encima de cualquier otra piedra.

Habló de los poderes curativos de la joya verde y de cómo las utilizaban los primeros médicos, que creían que el mejor método para recuperar la salud ocular era mirar una esmeralda. Al parecer, su suave tono eliminaría el cansancio y la tensión. A decir verdad, no les faltaba razón. Aún hoy se reconoce que el color verde reduce el estrés y proporciona alivio al ojo.

Se creía que lucir una esmeralda revelaba la sinceridad o falsedad de las promesas de un enamorado. También se afirmaba que te convertía en un orador elocuente. Apoyó la mano en su colgante y lo sacó de debajo de la blusa.

—Yo no tengo ninguna —bromeó—, así que hoy no podré poner a prueba esa teoría.

Se oyeron numerosas carcajadas entre el público.

Continuó hablando de otras joyas que habían pertenecido a faraones y reyes y que se habían utilizado como rescate o para pagar deudas, y de otras piedras preciosas a las que se atribuían poderes curativos.

—Señorita Kilbride —intervino una de las asistentes tras el turno de preguntas—, hace que deseemos tener más joyas o llevar a diario las que tenemos.

—Por desgracia, muchas personas guardan joyas maravillosas en sus cajas fuertes y nunca las lucen —respondió Celia—. Hay que cuidarlas, desde luego, pero ¿por qué no disfrutar de ellas?

El almuerzo con Alvirah y Willy y el evidente éxito de la conferencia, que fue muy aplaudida, la animaron por el momento. Después regresó a su suite. Estaba cansada, se había levantado temprano y había dado un largo paseo por cubierta, así que decidió echar una siesta antes de prepararse para el cóctel del capitán y la cena que vendría a continuación.

Y eso, por supuesto, le recordó otra cosa. Había comprado el costoso vestido que llevaría para la luna de miel. Un viaje que, por suerte, nunca había llegado a producirse.

Más vale que siga mi propio consejo y lo disfrute, decidió. Pasará muchísimo tiempo antes de que pueda volver a gastar tanto dinero.

36

Devon Michaelson se preguntó si había cometido un error al invitar a sus compañeros de mesa al ritual de esa mañana. Era consciente de que Alvirah Meehan, y tal vez otros miembros del pequeño grupo, se habían percatado de su sobresalto cuando el padre Baker se ofreció a rezar una oración. Confiaba en que hubieran supuesto que era ateo.

Lo cierto era que se había criado en una devota familia católica. Aunque no era practicante, no le costaba imaginar el horror que habría sentido su madre si hubiera visto cómo permitía que un sacerdote dedicara una oración a las cenizas de un puro.

No puedo dejar que nadie empiece a dudar de mí, pensó. Después de tantos años, ya debería saber que no puedo permitirme el lujo de cometer errores.

Yvonne, Dana y Valerie apuraban su segunda copa de vino. Habían pasado las últimas horas de la mañana y las primeras de la tarde tomando el sol en la piscina. Mientras charlaban, Valerie se dedicaba a repasar la lista de actividades.

—Escuchad esto —interrumpió Yvonne—. Van a dar una conferencia sobre los Hamptons que incluye la historia real de una bruja de East Hampton.

—Sé quién puede ser —aventuró Dana—. Julie Winston, la exmodelo que acaba de casarse con el presidente de Browning Brothers. Me tocó sentarme a su lado en un baile benéfico y...

—Si hablamos de brujas, tiene que ser Ethel Pruner. Siete mujeres formamos un comité con ella para organizar adornos florales y todas quisimos dejarlo después de la primera reunión.

Valerie levantó las manos y se echó a reír.

—Creo que se refieren a una bruja que vivió en el siglo XVII. Empieza dentro de un cuarto de hora. ¿Qué os parece?

—Vamos —accedieron al unísono Dana e Yvonne mientras se levantaban.

El conferenciante se presentó como Charles Dillingham Chadwick. Era un hombre delgado de unos cuarenta y cinco años, calvo y de estatura media, que poseía esa capacidad típica de los Hamptons de hablar sin mover la mandíbula, pero también una mirada maliciosa y cierta disposición a reírse de sí mismo.

—Muchas gracias a todos por venir —empezó—. Uno de mis primeros recuerdos felices de la infancia es el día en que mi padre me explicó que los orígenes de nuestra familia se remontaban al *Mayflower* y que nuestros antepasados poseyeron antaño una considerable extensión de tierras en lo que ahora se conoce como los Hamptons. Mi primer recuerdo desdichado de esa misma época infantil es el día que me enteré de que vendieron sus tierras por una miseria hace cien años.

El público se echó a reír.

—Esto va a ser más divertido de lo que pensábamos —les dijo Dana a Valerie e Yvonne.

Chadwick carraspeó y continuó.

—Confío en que el proceso que llevó a una serie de aldeas tranquilas de campesinos y pescadores del extremo oriental de Long Island a convertirse en uno de los principales centros residenciales para ricos y famosos les resulte tan fascinante como a mí. Pero empecemos con la historia de una disputa vecinal que estuvo a punto de acabar con una de las primeras pobladoras asada a la barbacoa, por decirlo de alguna manera.

»En los primeros tiempos de los Hamptons, predominaban los puritanos. Treinta y cinco años antes de los infames juicios de Salem, en Massachusetts, Easthampton tuvo su propia experiencia "embrujada".

»En febrero de 1658, poco después de dar a luz, Elizabeth Gardiner, de dieciséis años, se puso muy enferma y empezó a delirar diciendo que era víctima de un conjuro. La joven Gardiner murió un día más tarde, pero tuvo tiempo de identificar a su vecina, Goody Garlick, como la bruja que la atormentaba. La pobre Goody había sido víctima de otras desagradables acusaciones. Cuando el ganado moría misteriosamente, muchos la consideraban culpable.

»Un repaso a los registros judiciales de los Hamptons en esa época revela que la gente no paraba de acusarse, pelearse y denunciarse por las cuestiones más triviales. Siento la tentación de añadir que las cosas no han cambiado mucho desde entonces. Al parecer, la pobre Goody estaba destinada a sufrir una horrible experiencia.

»Sin embargo, tuvo la buena fortuna de que los magistrados de East Hampton, incapaces de tomar una decisión, remitieran su caso a un tribunal superior de Hartford, la colonia a la que pertenecían los Hamptons en aquella época.

»Su caso fue examinado por el gobernador John Winthrop, un erudito que creía que los acontecimientos dependían más de las fuerzas mágicas de la naturaleza que de las personas. Era un poco esnob para la época, pero se mostró escéptico ante la posibilidad de que la esposa de un campesino con escasa formación fuese capaz de realizar actos mágicos. El tribunal emitió un veredicto de no culpabilidad, acompañado de una recomendación para los irascibles habitantes de los Hamptons. Cito textualmente: "Este tribunal desea y espera que en adelante se comporten de forma pacífica y como buenos vecinos con el señor Garlick y su esposa, y que ellos actúen del mismo modo".

»¿Tiene alguna importancia esta anécdota? Yo creo que sí. Tras la sentencia de Winthrop no se produjeron más acusaciones de brujería en Easthampton, mientras que ese tema paralizaría a muchas comunidades de Massachusetts en los años siguientes. En cuanto al comportamiento de buenos vecinos de los habitantes de los Hamptons, digamos que siguen intentándolo.

37

El cóctel del capitán se celebró en su suite, una amplia estancia decorada con un gusto exquisito. Tenues azules y verdes pálidos dominaban las paredes, tapicerías y cortinas. Camareros sonrientes ofrecían bebidas y aperitivos. Celia se había recogido el oscuro cabello con un pasador dorado, dejándolo caer sobre sus hombros. Su vestido de gasa brillante era de color verde musgo. Los pendientes de su madre constituían sus únicas joyas.

Aunque no era consciente de ello, la mirada del capitán y de casi todos los demás hombres presentes permanecía posada sobre ella mientras charlaba con el resto de los invitados. Lady Em llegó poco después. Su sencillo vestido negro resaltaba el impresionante collar de esmeraldas de tres vueltas que una vez adornó a Cleopatra, reina de Egipto, y que no se había exhibido en público en los últimos cien años. Cada esmeralda, de una belleza asombrosa, resplandecía con inmaculada claridad. Lady Em llevaba los blancos cabellos recogidos en un suave moño sobre la cabeza; sus grandes ojos castaños y sus largas pestañas permitían intuir lo hermosa que había sido, y su porte erguido ofrecía una imagen regia e imponente. Llevaba unos pendientes de diamante en forma de pera y lucía un único anillo, su alianza de diamantes, para asegurarse de que la atención de los presentes se centrara en el sensacional collar.

Igual que Celia, había decidido dejar a un lado sus inquietudes durante la velada. Quería disfrutar de la sensación que estaba causando y que le recordaba a aquellos días lejanos en que los que, como primera bailarina, se inclinaba ante los atronadores aplausos en los teatros abarrotados.

Y aunque Richard siempre estaba presente en su subconsciente, en ese instante acudieron a su memoria vívidos recuerdos de su marido, como aquella maravillosa noche en la que se conocieron. El atractivo y galante Richard, que la esperaba en la puerta del teatro en Londres, se abrió paso entre la multitud de admiradores y tomó su mano para besarla.

Y jamás la soltó, pensó con nostalgia mientras aceptaba una copa de vino.

Alvirah se había puesto un vestido beis con chaqueta a juego, el preferido de Willy. Esa tarde había acudido al salón de belleza para que la peinaran e incluso se había dejado aplicar un ligero maquillaje.

Como siempre, el capitán Fairfax actuaba como el anfitrión perfecto. Ni su rostro ni su actitud traslucían la intensa preocupación que le dominaba. Tres asuntos le angustiaban: el Hombre de las Mil Caras podía hallarse en la habitación en ese preciso momento, entusiasmado ante la idea de hacerse con las esmeraldas de lady Haywood; el mar, que empezaba a mostrar los primeros indicios de la fuerte tempestad que se avecinaba, y el problema de los motores, que ya les había causado una considerable demora.

Ted Cavanaugh, el socio de un bufete de abogados, fue el siguiente invitado que se acercó a él. Fairfax sabía muy bien quién era. El hijo del antiguo embajador en Egipto y en Gran Bretaña era conocido por reclamar la devolución de antigüedades robadas. El capitán tenía una hija de veintitrés años. Esta es la clase de hombre que me gustaría que Lisa trajese a casa, pensó. Un tipo guapo, con éxito, de impecable familia, y no ese músico de pelo largo que solo sabe tocar la armónica.

Tendió la mano a Ted.

—Bienvenido, señor Cavanaugh. Espero que esté disfrutando del crucero.

—Desde luego —respondió el joven mientras correspondía al firme apretón de manos del capitán.

Fairfax sonrió.

La llegada de Devon Michaelson, el agente de la Interpol que se hacía pasar por un ingeniero jubilado, distrajo su atención. El capitán cruzó la suite para saludarlo, pero se le adelantó Anna DeMille, que se precipitó hacia Michaelson para situarse a su lado. Fairfax optó por volverse hacia la pareja que se hallaba a su izquierda. Le habían hablado de ellos. A los Meehan les habían tocado cuarenta millones de dólares en la lotería hacía unos cinco años, y la señora Meehan, que se había dado a conocer como columnista en un periódico, también se las arreglaba para resolver crímenes con bastante acierto.

—Señor y señora Meehan —saludó, luciendo la agradable sonrisa con la que siempre ocultaba sus verdaderas inquietudes.

—Llámenos Alvirah y Willy —le pidió ella—. Capitán, es todo un privilegio participar en la primera travesía de este precioso barco. Siempre será un maravilloso recuerdo para nosotros.

En ese momento la puerta se abrió de golpe e Yvonne Pearson irrumpió en la suite.

—¡Mi marido se ha caído por la borda! —chilló—. ¡Mi marido se ha caído por la borda!

38

—Venga conmigo.

Esa fue la respuesta del capitán Fairfax a una Yvonne emocionalmente destrozada.

La sacó del salón abarrotado y la condujo a una habitación privada. Mientras caminaban, dio instrucciones por teléfono a John Saunders, el jefe de seguridad, para que se reuniera con él en el despacho del sobrecargo. Solo cuando se cerró la puerta del pequeño cuarto, Saunders y él empezaron a interrogar a Yvonne.

—Señora Pearson —empezó Fairfax—, dígame con exactitud qué ha visto y oído en relación con lo que le ha pasado a su marido.

Yvonne respondió con la voz entrecortada, tratando de contener los sollozos.

—Roger y yo estábamos hablando en el balcón de nuestra suite. Habíamos tomado varias copas. Roger estaba sentado en la barandilla. Le pedí que no lo hiciera, y él me contestó que no me metiera donde no me llamaban. Y entonces se ha caído.

Yvonne se llevó las manos a la cabeza, sollozando.

—Señora Pearson —continuó el capitán—, sé lo traumático que le resulta esto y lamento tener que hacerle todas estas preguntas. Le garantizo que queremos encontrar a su marido tanto como usted. Sin embargo, antes de plantearme la posibilidad de dar la vuelta para buscarlo, tengo que saber exactamente qué vio.

Yvonne se enjugó las lágrimas y aceptó el pañuelo de papel que le ofrecía Saunders. Un pensamiento la asaltó mientras se sonaba la nariz: había acudido inmediatamente a anunciar que Roger se había caído por la borda. Ahora, la idea de que debería haber esperado más la estaba volviendo loca. Ignoraba cuánto tardaría el barco en dar la vuelta y regresar. ¿O enviarían un bote para buscarlo? Pero el capitán no parece tener prisa por iniciar la búsqueda, se dijo.

—Lo siento. Esto es muy traumático. He de reconocer que me he disgustado cuando Roger me ha dicho que no me metiera donde no me llamaban. He vuelto a la suite y he cerrado la puerta del balcón. Estaba enfadada. Al cabo de un minuto, cuando he vuelto a salir para decirle que era hora de acudir al cóctel, había desaparecido.

Volvió a echarse a llorar. Se planteó la posibilidad de fingir un mareo, quizá incluso un desmayo, aunque no estaba segura de que resultase creíble.

Fue Saunders quien formuló la siguiente pregunta mientras le tendía otro pañuelo.

—Señora Pearson, ha dicho usted que «al cabo de un minuto» ha salido al balcón y su marido había desaparecido. Si le hacemos tantas preguntas, es porque, en la mayoría de los casos, cuando se dice que una persona se ha caído por la borda resulta ser una falsa alarma. Casi siempre se la localiza en otro punto del barco; a veces, por desgracia, en un lugar en el que no debería estar. ¿Qué ha hecho exactamente en ese minuto transcurrido entre el momento en que ha visto a su marido por última vez en el balcón, sentado en la barandilla, y cuando ha vuelto a buscarlo para acudir al cóctel?

Yvonne hizo un gran esfuerzo para disimular el inmenso alivio que sentía.

—He entrado un instante en el cuarto de baño.

—¿Ha cerrado la puerta? —preguntó Saunders.

—Por supuesto.

—Así que ha estado en el cuarto de baño durante al menos un minuto con la puerta cerrada —repitió el capitán—. ¿Y es posible que su marido haya podido abandonar la suite mientras usted... tenía la puerta cerrada?

—Bueno, creo que habría oído la puerta del balcón al abrirse y cerrarse, y luego la de la suite —meditó—. Pero ¿sabe?, la cadena hace bastante ruido.

—Es cierto, y le pido disculpas —dijo el capitán—. Pero si redujese la velocidad de este barco o diese la vuelta, perderíamos la oportunidad de llegar a Southampton a tiempo, lo que supondría un grave trastorno para nuestros pasajeros, muchos de los cuales acudirán directamente al aeropuerto para coger un vuelo programado. Recomiendo que registremos el barco a fondo para tratar de encontrar a su marido. Si no lo logramos, estudiaremos otras posibilidades.

Saunders alargó el brazo y le entregó a Yvonne una hoja de papel y un bolígrafo.

—Señora Pearson, existe un protocolo que seguimos en estas penosas situaciones. Voy a pedirle que rellene este formulario, en el que incluirá una explicación escrita de lo que ha ocurrido en su suite en torno al momento en que ha visto por última vez a su marido. Cuando haya terminado, revise el formulario para asegurarse de que no olvida ningún detalle y lo firmaremos usted y yo.

Yvonne se sentía eufórica.

—Agradezco mucho que estemos haciendo todo lo posible para encontrar a mi pobre y querido Roger.

39

Yvonne rechazó la oferta del capitán Fairfax de que uno de sus hombres la acompañara de regreso a su camarote.

—Estaré bien —repuso—. Solo necesito pasar un rato a solas para rezar por mi querido Roger.

—¿Qué te parece? —le preguntó el capitán a Saunders cuando ella se marchó.

—Ha reconocido que no lo ha visto caer por la borda. Y que los dos habían bebido mucho, a pesar de que tenían previsto acudir al cóctel. No estoy nada convencido de que se haya caído.

—Yo tampoco —convino Fairfax—. La última vez que tuve un incidente así en un barco, la esposa insistía en que había visto caer al agua a su marido en mitad de una marejada. Si el tipo se cayó de verdad, tuvo mucha suerte. Aterrizó ileso varios pisos más abajo, en la cama de una pasajera bastante fresca.

—¿Y qué vamos a hacer? —quiso saber Saunders.

El móvil del capitán sonó antes de que pudiera responder. Lo cogió y, aunque el aparato no tenía el altavoz conectado, Saunders pudo oír cada palabra que salía de la boca de Gregory Morrison, el agresivo armador del buque.

—¿Qué demonios está ocurriendo? —preguntó la voz al otro lado de la línea.

—Una pasajera acaba de denunciar que su marido podría haberse...

—¡Eso ya lo sé, maldita sea! —bramó Morrison—. ¡Quiero saber qué diablos están haciendo al respecto!

—El señor Saunders y yo hemos interrogado a la viu... —El capitán había empezado a decir «viuda», pero se contuvo—. A la esposa del hombre que puede haberse caído por la borda. Tanto ella como su marido habían bebido mucho, y la mujer reconoce que no lo ha visto caer. En mi opinión, deberíamos...

—Le diré lo que no va a hacer, Fairfax. En ninguna circunstancia va a dar la vuelta. No quiero ni oír hablar de una maniobra de Williamson.

El capitán se frotó las sienes sin soltar el teléfono. Una maniobra de Williamson consiste en dar la vuelta con un barco a gran velocidad. Como todos los capitanes, había recibido la formación necesaria para llevarla a cabo. De haber tenido la certeza de que Pearson había caído realmente por la borda, habría ordenado la maniobra y dado instrucciones a los miembros de la tripulación para que iluminaran el agua con potentes focos. Se utilizarían lanchas rápidas de rescate con motor fueraborda. También podía tomar la decisión de botar balsas salvavidas para que colaborasen en la búsqueda. El procedimiento a seguir estaba indicado con toda claridad en el manual de seguridad y calidad.

Sin embargo, solo estaba obligado a actuar si un testigo, o mejor dos, veían caer al pasajero al mar. Pero en este caso solo contaba con una testigo achispada que, tras insistir un poco, reconocía no haber visto caer a su marido por la borda. Y tenía a un armador que iba a ponerle todas las trabas imaginables si decidía adoptar medidas drásticas para buscar a Pearson en el agua.

—Voy a ordenar un registro a fondo del barco. Tenemos la foto de pasaporte de todos los pasajeros. Que se hagan copias de la de Pearson y se distribuyan a los miembros de la tripulación que emprenderán la búsqueda.

—Está bien —contestó Morrison, algo más calmado—, pero no quiero que se ordene a los pasajeros que vuelvan a sus habitaciones. Que los miembros de la tripulación llamen a las puertas de los camarotes preguntando por Pearson. Si está en una de las habitaciones, contestará.

La llamada terminó antes de que Fairfax pudiera responder.

Saunders fue el primero en hablar.

—Lo preguntaré por segunda vez: ¿qué vamos a hacer?

—Ya lo has oído —respondió el capitán—. Vamos a registrar el barco.

40

Lady Em, Brenda y Celia se habían sentado juntas y rezaban en silencio para que Roger se salvara aunque eran conscientes de que, si se había caído por la borda, apenas había esperanza de que consiguiera mantenerse a flote en las traicioneras aguas.

Escucharon la voz de Fairfax a través del sistema de megafonía del barco.

—Soy el capitán. Estamos tratando de localizar a Roger Pearson. Señor Pearson, si oye este mensaje, contacte con el puente de mando, por favor. Si algún pasajero ha visto al señor Pearson en los últimos veinte minutos, llame también al puente de mando. Eso es todo. Gracias.

—Me pregunto si el procedimiento habitual consistirá realmente en registrar primero el barco en busca de un pasajero que podría haberse caído por la borda —se preguntó Celia.

Lady Em se volvió hacia Brenda.

—Ve con Yvonne —la instó—. Debería estar acompañada por una persona conocida.

—Me temo que yo no le serviría de mucho —le confió a Celia después de que Brenda se marchara.

Lady Em se sentía invadida por el remordimiento y la rabia. Sabía que su intención de encargar la revisión de sus finanzas a otra firma de contabilidad podía haber empujado a

Roger a tirarse desde la barandilla. No le había visto a la hora de comer, pero se había encontrado con él a las cinco, mientras daba un breve paseo por cubierta. Visiblemente nervioso, el asesor financiero había comenzado a explicarle por qué no debería derrochar el dinero en un gasto innecesario. Ella no le dejó seguir hablando.

—No quiero discutirlo —zanjó—. Espero haber dejado muy clara mi decisión. Y, con sinceridad, me preocupa que te opongas con tanta firmeza.

Fueron las últimas palabras que le había dicho a Roger. ¿Se ha caído, o lo he empujado a suicidarse?, se preguntaba.

Al cabo de veinte minutos, mientras un miembro de la tripulación iba de un grupo de pasajeros a otro instándolos a disfrutar de la cena, abrió de mala gana la carta.

—Me parece que todos necesitamos una bebida fuerte —sugirió el profesor Longworth.

—Creo que es muy buena idea —aprobó Celia con fervor.

Se había percatado de que Lady Em parecía de pronto muy enferma. Y muy mayor, pensó. Es tan dominante y enérgica que olvidamos la edad que tiene. Y, claro está, Roger ha sido un buen amigo suyo durante todos estos años, además de trabajar para ella.

Cenaron en silencio, cada una de ellas enfrascada en sus propios pensamientos.

41

Los comensales sentados a la mesa de Alvirah y Willy habían tenido la misma reacción que sus vecinos. Willy insistió incluso en que Alvirah tomase un martini con vodka como el suyo. Devon Michaelson, Ted Cavanaugh y Anna DeMille estaban de acuerdo.

—Es duro pensar que anoche a estas horas el pobre hombre estaba sentado a pocos metros de nosotros —se lamentó Anna, expresando en voz alta el sentimiento común.

Después de oír el anuncio del capitán acerca de la búsqueda de Roger, no sabían qué pensar.

—Por lo que sea —apuntó Ted—, deben dudar que se haya caído por la borda como dice su esposa.

Alvirah recordaba la pelea entre Roger e Yvonne que Willy y ella habían oído la noche anterior en la puerta de su suite. Se preguntó si sería solo un estallido temporal. ¿Se habría arrojado Roger por la borda al saber que podía pasar veinte años en la cárcel, tal como le había dicho a Yvonne? Estaba convencida de que Willy pensaba lo mismo, aunque, por supuesto, no iba a decirlo.

Anna DeMille deseaba en secreto que Roger hubiera esperado un poco antes de caerse por la borda. Lo estaba pasando bien en la fiesta del capitán. Había al menos una docena de famosos. Se había apartado de Devon para acercarse a la estrella del rap Bee Buzz y a su esposa Tiffany. Ambos se mostraron muy cordiales y se rieron cuando les contó la anécdota de su inexistente parentesco con Cecil B. DeMille. Qué diferencia con esa vez que le volvieron la espalda cuando trató de entablar conversación en cubierta. Luego, cuando todos se sentaban para oír las últimas noticias sobre Roger Pearson, tropezó y Devon Michaelson la rodeó con el brazo para evitar que se cayera. Había sido tan agradable... Esperaba que nunca la soltara. Más tarde fingió tropezar otra vez, pero en esa ocasión él no pareció darse cuenta. Anna miró a su alrededor.

—Ahora que lo pienso, seguimos vestidos para una fiesta —comentó como una obviedad—. Resulta extraño, ¿no?

—Nunca sabes lo que pasará de un momento a otro, ¿verdad? —convino Alvirah.

Ni Devon ni Ted Cavanaugh se molestaron en contestar, cada uno enfrascado en sus propios pensamientos turbulentos.

42

A varias millas de distancia del desaparecido barco, Roger Pearson se esforzaba al máximo por mover las piernas a un ritmo lento y uniforme para mantenerse a flote. Piensa racionalmente, se dijo. Soy un excelente nadador. Si puedo seguir moviéndome, tal vez tenga una oportunidad.

Tomó aire mientras continuaba nadando. Esta es una ruta muy concurrida, se animó. Puede que pase otro barco. He de conseguirlo. Aunque acabe en la cárcel, no me importa. Ella me ha empujado. Me ha empujado. También irá a la cárcel. Y si no me creen, hay otra cosa que puedo hacer. Puedo cancelar esa póliza de cinco millones de dólares. Lo más probable es que ese sea el motivo por el que haya intentado matarme. Me enfrentaré a ella con todas mis fuerzas. Tengo que sobrevivir para cancelar esa póliza.

Roger recordó entonces el cursillo de supervivencia que había hecho a los dieciséis años, en su época de boy scout. Había funcionado en la piscina. ¿Sería capaz de recordarlo ahora que podía salvarle la vida?

Contuvo la respiración y se sumergió mientras forcejeaba para quitarse los pantalones. Moviendo las piernas con fuerza para mantenerse a flote, se las ingenió para atar los extremos de las perneras con un doble nudo. Acto seguido, se pasó los pantalones por la cabeza con el nudo detrás del cuello. El siguiente movimiento, el más difícil, fue recoger aire y agua a través de la cinturilla abierta de los pantalones, y luego sujetarla y retorcerla para atrapar el aire.

Lo invadió un sentimiento de auténtica esperanza cuando el aire del interior de los pantalones formó un cojín que flotaba unos quince centímetros por encima del agua. Dejó de mover las piernas y se quedó inmóvil; necesitaba poner a prueba su precario flotador. Sin ningún esfuerzo por su parte, permaneció a flote en su improvisado chaleco salvavidas.

Sabía que el aire escaparía poco a poco y que tendría que repetir el proceso, pero estaba seguro de haber aumentado el período de tiempo que podía mantenerse a flote sin sucumbir al agotamiento. ¿Sería suficiente?

Una ola le cubrió la cabeza, llenándole los ojos de salitre, pero los cerró y perseveró.

43

Había sido necesario para impedir que arrestaran a Roger. Tras un paseo vespertino por cubierta, volvió a la suite pálido y sudoroso.

—No hay nada que hacer —lamentó—. He intentado convencerla para que no encargase una auditoría externa de sus finanzas, pero lo único que he conseguido ha sido aumentar sus sospechas.

Ahora que estaba hecho, Yvonne se sentía aterrada.

—El mar está demasiado picado para sentarse aquí —comentó Roger pocos minutos después de apoyarse en la barandilla.

Estuvo a punto de perder el equilibrio al intentar apartarse. Fue entonces cuando ella se abalanzó hacia delante y lo empujó con todas sus fuerzas.

Antes de caer puso cara de sorpresa.

—No, no, no... —gritó mientras su cuerpo caía.

Su última visión de él fueron sus piernas y sus pies cayendo por encima de la borda.

Sabía que debería haber esperado un poco más antes de decirle a nadie que se había caído. Le pareció que solo habían transcurrido unos minutos cuando el capitán y el resto del personal empezaron a registrar el barco en su busca.

Solo entonces recordó que Roger era un buen nadador y

que había formado parte del equipo de natación en la universidad. ¿Y si lo encuentran vivo? De ningún modo podría convencerlo de que lo había empujado por accidente al tratar de ayudarlo a bajar de la barandilla.

Si rescataban a Roger, las consecuencias para ella serían tan abrumadoras que temblaba de pies a cabeza cuando el médico le dio un tranquilizante. Brenda se ofreció a envolverla en una manta mientras permanecía sentada en el sofá de la salita de la suite.

Había llegado el momento de librarse de Brenda, quien, con una amabilidad poco habitual en ella, se había ofrecido a dormir en el sofá.

Cuando iba a abrigarla con la manta, oyeron que llamaban a la puerta del camarote de enfrente.

—Disculpen —vociferó un joven miembro de la tripulación—. Estamos buscando a Roger Pearson. ¿Se encuentra en esta habitación?

Oyeron el débil «no» del ocupante de la habitación.

—Gracias —se despidió el tripulante, que se acercó a la puerta siguiente.

Brenda se volvió hacia Yvonne.

—¿Quiere que me quede o prefiere estar sola?

—Gracias, creo que sola estaré bien. Puede que tenga que acostumbrarme a no tener compañía. Pero gracias de nuevo. Estaré bien.

Cuando Brenda se fue por fin, Yvonne se levantó y se sirvió un whisky con hielo. Inclinó el vaso en un silencioso homenaje a Roger. Te habrías suicidado antes de enfrentarte a veinte años de cárcel, pensó. Se preguntó cuándo recibiría los cinco millones de dólares del seguro. Seguramente una semana después de regresar a Nueva York. Si Roger desviaba buena parte de los fondos de Lady Em, ¿dónde estaban? ¿Tendría alguna cuenta bancaria secreta de la que no le hubiese hablado? Bueno, una cosa estaba clara. Si alguna vez la interrogaba el FBI, seguro que podría convencerlos de que no sabía nada de las finanzas de Roger.

Con ese reconfortante pensamiento, la viuda creada por ella misma decidió mimarse con una segunda y generosa dosis de whisky Chivas Regal.

44

—Adelante —respondió Fairfax cuando Saunders llamó a su puerta—. ¿Habéis encontrado algo?

—Nada, capitán —contestó el jefe de seguridad—. Nadie lo ha visto en las últimas dos horas. Estoy seguro de que no está en el barco.

—Lo que significa que probablemente se cayó por la borda cuando dijo su esposa.

—Eso me temo, señor.

Fairfax hizo una pausa.

—Los Pearson ocupaban un camarote de la cubierta más alta, ¿no es así?

—Sí.

—Es decir, que al impactar con el agua sufriría una caída mínima de dieciocho metros. ¿Qué opinas de sus posibilidades de supervivencia?

—Que son muy escasas, señor. Ha caído hacia atrás y había bebido. Si ha sobrevivido a la caída, lo más probable es que haya perdido el conocimiento. Si fuese así, se habría hundido enseguida, sobre todo si tenemos en cuenta el peso de la ropa mojada. Aunque hubiéramos vuelto de inmediato, capitán, no creo que el resultado hubiese sido distinto.

—Lo sé, y estoy de acuerdo —corroboró el capitán con

un suspiro—. Llamaré a Morrison y le pondré al corriente. Quiero que avises al capellán Baker y le pidas que venga.

—Muy bien, señor —dijo Saunders mientras se dirigía hacia la puerta.

Morrison descolgó el teléfono al primer timbrazo. Tras explicarle cómo habían llegado a la conclusión de que Pearson tenía que estar muerto, el capitán informó al armador de que el capellán y él hablarían con su esposa.

La voz del armador se alzó hasta convertirse en un bramido.

—Sé que ustedes dos sabrán darle la mala noticia a esa mujer. ¡Díganle lo que haga falta para calmarla, pero bajo ninguna circunstancia vamos a volver a buscarlo!

45

Daba la impresión de que nadie quería acostarse. Aunque habían cancelado el espectáculo previsto, un dúo que interpretaría temas de famosas óperas, casi todas las mesas y las sillas de los bares estaban ocupadas. El casino se hallaba aún más abarrotado que de costumbre.

En un intento por escapar de sus propios pensamientos, Lady Em había invitado a sus compañeros de mesa a tomar una última copa con ella. Allí los encontró Brenda. Todo el mundo se interesó por el estado de Yvonne.

Mientras Brenda contestaba, empezó a correr el rumor de que la búsqueda de Roger no había tenido éxito. El capitán y el capellán Baker se dirigieron a la habitación de Yvonne para decirle que, dado que todo indicaba que su marido había muerto, el barco no iba a emprender labores de búsqueda y salvamento.

Al frente de su grupo, Ted Cavanaugh eligió una mesa para cuatro. Alvirah y Willy iban con él, y a ella no se le escapó que Ted se había apresurado a ocupar una mesa cercana a aquella en la que estaba sentada Lady Em. También se dio cuenta de que, al verlo, Lady Em se volvió bruscamente hacia otro lado. Habían invitado a Devon Michaelson a acompañarlos, pero este había vuelto a rehusar. Anna DeMille ocupó un taburete en la barra, junto a un hombre de su edad que parecía estar solo.

Lady Em se levantó bruscamente.

—Brenda firmará la cuenta por mí —anunció, haciendo un esfuerzo por hablar con serenidad—. Estoy muy cansada. Buenas noches a todos.

Su asistente se levantó de un salto.

—La acompañaré.

Ni hablar, ladrona, pensó Lady Em, pero su respuesta fue simple y definitiva.

—No será necesario.

Un dolor persistente le bajaba por el brazo desde el hombro izquierdo. Tenía que llegar a su habitación cuanto antes y tomar un comprimido de nitroglicerina.

Al marcharse, pasó junto a la silla de Ted Cavanaugh, vaciló y continuó andando.

Alvirah se percató enseguida de la expresión sombría de Lady Em. Parece disgustada con él. Me pregunto por qué.

Pocos minutos después, cuando todo el mundo empezaba a marcharse, logró hablar un momento con Celia.

—En la fiesta del capitán no he tenido ocasión de decirle lo guapa que está esta noche. ¿Cómo se encuentra?

—Más o menos como todo el mundo —reconoció Celia, y luego añadió—: Mantenga la corazonada de que todo saldrá bien.

Ted Cavanaugh escuchó la breve conversación. Por un momento se sintió perplejo, pero entonces comprendió por qué le resultaba familiar aquella joven. Celia Kilbride era la novia de Steven Thorne, el estafador del fondo de inversión. Mucha gente cree que está implicada, recordó. Me pregunto si será verdad. Sabe Dios, pensó, que tiene cara de ángel.

46

El Hombre de las Mil Caras no perdió el tiempo lamentando la desaparición de Roger Pearson. En todo caso, agradeció la distracción que había causado. La gente hablaba del acontecimiento, le daba vueltas, comentaba que era una lástima que hubiese sucedido. Todos coincidían en que no solo se trataba de una pérdida personal para los familiares y amigos de Roger, sino también de un desafortunado incidente para Castle Lines. La primera travesía del *Queen Charlotte* se recordaría tanto por la lujosa experiencia que había ofrecido como por aquella tragedia.

Qué pena, pensó, mientras experimentaba la inyección de energía que siempre sentía cuando se disponía a dar un golpe. Aunque la mayoría de las veces era capaz de conseguir el objeto de sus deseos sin la triste necesidad de acabar con la vida de nadie, era consciente de que esa noche podía verse obligado a hacerlo. Resultaba improbable que su visita al dormitorio de Lady Em no despertase a la dama. La había oído lamentarse diciendo que tenía el sueño muy ligero y que se despertaba al menor sonido.

Sin embargo, no podía esperar más. Durante el cóctel escuchó al capitán instar a Lady Em a entregarle el collar para guardarlo en la caja fuerte del barco. Si lo hacía, quizá nunca volviera a tener la oportunidad de robarlo.

En la fiesta le había resultado difícil apartar los ojos de aquella joya. Era más que exquisita. Era perfecta.

Y en unas cuantas horas, de un modo u otro, estaría en sus manos.

47

Alvirah y Willy acababan de llegar a su suite. Ella estaba preocupada.

—Willy, ¿te has fijado en que Lady Em se ha dirigido hacia Ted Cavanaugh y luego, al parecer, ha cambiado de idea?

—Me ha parecido que solo iba a desearle buenas noches —respondió Willy—. ¿Qué hay de malo en eso?

—Ese hombre vigila obsesivamente a Lady Em —afirmó Alvirah con firmeza.

—¿Qué quieres decir, cariño?

—Créeme, lo hace. Esta noche, en el cóctel, ha ido derechito hacia ella y se ha quedado mirando el collar. Le he oído decir: «Es la joya del antiguo Egipto más hermosa que he visto en mi vida».

—A mí me suena como un agradable cumplido.

Willy bostezó para darle a entender a su mujer que tenía ganas de acostarse, pero ella no pareció darse por enterada y siguió hablando.

—Esta tarde, mientras tú hacías el puzle, he ido a dar una vuelta por la cubierta de paseo. Lady Em iba unos seis metros por delante de mí. Entonces Ted Cavanaugh me ha adelantado a toda prisa, se le ha acercado y ha empezado a hablar con ella. Y ya sabes que la mayoría de la gente que sale a pasear por cubierta no pretende entablar conversación con alguien a quien apenas conoce, y menos aún con una persona como Lady Em.

—A nadie se le ocurriría ponerse a charlar con ella sin más —convino Willy.

—Estoy convencida de que estaban discutiendo, porque en un momento dado ella se ha vuelto y se ha precipitado hacia una de las puertas, como si quisiera librarse de él.

—Pues seguro que antes ha sabido ponerlo en su sitio —le aseguró Willy mientras se levantaba y se quitaba el esmoquin—. Cariño, ha sido un día muy largo. ¿Por qué no...?

—Me he dado cuenta de otra cosa —lo interrumpió Alvirah, alisándose una arruga del vestido—. Anoche estábamos muy bien situados para observar lo que pasaba en la mesa de Lady Em; no pude evitar mirarla, esa mujer me fascina. Pero luego empecé a fijarme en Roger e Yvonne.

»Las miradas que intercambiaban esos dos helaban el alma. Sobre todo las de Yvonne, que observaba a su marido con una expresión muy desagradable. Me pregunto cómo se sentirá ahora, después de ese terrible accidente. En fin, ¿cómo te sentirías tú si hubiéramos discutido y me cayese por la borda?

—Cariño, nunca discutimos, así que yo no me preocuparía mucho por eso.

—Supongo que no, pero aun así no puedo evitar pensar que Yvonne debe de estar muy arrepentida si Roger y ella habían reñido justo antes del accidente.

No tenía sueño y le apetecía seguir conversando. Sin embargo, al ver que Willy bostezaba de nuevo decidió dejarlo para el día siguiente. Se acostó, pero le costó conciliar el sueño. Su intuición le decía que se avecinaban problemas.

Graves problemas.

48

Brenda sabía que la excusa con la que Lady Em había rehusado su compañía cuando se ofreció a acompañarla a su habitación era una indicación más de que la dama estaba al tanto de la sustitución de sus joyas. También sabía qué sucedería cuando confirmase sus sospechas.

En su camarote, Brenda recordó con detalle el día en que Gerard, que había trabajado como cocinero para Lady Em durante dieciocho años, le suplicó que no lo denunciase al descubrir su robo. Ella respondió que le iría bien pasar un tiempo en la cárcel. Sus palabras exactas fueron: «He pagado los estudios de tus tres hijos en buenas universidades. Me he acordado de sus cumpleaños. Confiaba en ti. Vete ahora mismo. Nos veremos en los tribunales».

Eso mismo me dirá a mí, pensó Brenda, al borde de la histeria. No puedo permitir que ocurra. Casi había superado sus ataques de claustrofobia, pero ahora tenía la sensación aterradora de que cerraban de golpe la puerta de una prisión a sus espaldas mientras la empujaban al interior de una celda.

Solo existía una salida. Lady Em había reconocido en la mesa que no se encontraba bien. Si muriese, el médico certificaría que su corazón no estaba en buena forma. Toma muchos medicamentos. Tengo la llave de su habitación, se dijo Brenda. Cuando salga a pasear, puedo entrar y cambiar de frasco algunas pastillas. Las del corazón son muy fuertes. Si meto unas cuantas en el resto de los frascos, puede que le provoquen un infarto. Es mi única posibilidad de librarme de la cárcel, se convenció a sí misma. A no ser que se me ocurra algo mejor.

Y puede que se me ocurra.

49

Tras librarse de Brenda, Yvonne disfrutó de sus dos whiskies y luego pidió que le sirvieran la cena en su suite. Si el mayordomo se sorprendió ante los tres platos y la botella de pinot noir que encargó la supuesta viuda afligida, no lo demostró. Al contrario, con el comedimiento propio de su puesto, el hombre le recordó que permanecería a su servicio toda la noche por si deseaba algo más.

Se alegró de que el mayordomo hubiera retirado el carrito con la cena minutos antes de que el capitán y el capellán Baker fueran a hablar con ella. Mientras escuchaba las explicaciones acerca del motivo por el que no iban a volver para buscar a Roger, se preocupó por que los whiskies le hubieran enrojecido los ojos. Pero entonces se relajó. Soy una viuda afligida. Tengo que tener los ojos enrojecidos. Y si tomar unos cuantos whiskies me ayuda a afrontar mi tragedia, ¿quién va a criticarme?

Cuando se marcharon, Yvonne se sirvió un último trago y empezó a pensar en el futuro. Por supuesto, cobraría la póliza de seguros de cinco millones de dólares, pero ¿cuánto le duraría? El apartamento de Park Avenue y la casa de East Hampton estaban libres de hipotecas, pero serían embargadas con toda seguridad si se descubrían los robos de Roger. Y, teniendo en cuenta el lujoso tren de vida al que estaba acostumbrada, cinco millones de dólares no llegarían demasiado lejos.

Mientras bebía a sorbos el vino suave y aterciopelado, Yvonne empezó a considerar sus opciones. Estaba claro que Lady Em encargaría esa auditoría externa en cuanto llegase a casa. ¿Había alguna forma de detenerla? Al fin y al cabo, el collar de Cleopatra tenía una maldición. «El que lleve este collar al mar no vivirá para alcanzar la orilla.» Sonrió burlona y se preguntó si a Lady Em, igual que a su difunto marido, le gustaría sentarse en la barandilla de la terraza.

Pasó un buen rato rumiando posibles soluciones a sus problemas. Quitar de en medio a Roger había sido muy fácil.

¿Resultaría igual de fácil librarse de Lady Em?

50

Celia cerró la puerta de su suite con un suspiro de alivio y dejó caer el bolso de noche encima de la mesita. Parecía que había pasado una eternidad desde aquel almuerzo compartido con Willy y Alvirah en el que se había sentido reconfortada por la alegría y el optimismo de su nueva amiga, quien le había asegurado que todo saldría bien. Era consciente de que algunos de los pasajeros la habían reconocido como la antigua prometida y, tal vez, cómplice de Steven Thorne. En varias ocasiones, al echar un vistazo a su alrededor, había sorprendido la expresión incómoda de alguien que la miraba fijamente.

Permaneció sentada en el borde de la cama durante un rato, tratando de convencerse a sí misma de que no debía rendirse. Ahora se preguntaba si no habría sido un error ponerse el vestido esa noche. Había recibido muchos cumplidos, pero las personas que se los hicieron debían preguntarse si Steven se lo habría comprado con dinero ajeno. Era posible incluso que algunos inversores de su exnovio viajaran en ese barco. La atractiva oferta de unos rendimientos tan espectaculares había deslumbrado a mucha gente.

Pensar estas cosas no me hace ningún bien, se dijo mientras se quitaba los pendientes. En ese momento sonó el teléfono.

Su interlocutora no se entretuvo con saludos.

—Celia, soy Lady Em. Perdona que abuse de tu amabilidad, pero ¿podrías venir a mi suite ahora mismo? Es sumamente importante. Y, aunque pueda parecer absurdo, ¿tendrías la bondad de traer tu monóculo?

Celia no pudo disimular el tono de sorpresa de su voz al responder.

—Como quiera. —Estuvo a punto de preguntarle si se había puesto enferma, pero se limitó a decir—: Ahora voy.

La puerta de la suite estaba entreabierta. Llamó suavemente con los nudillos, la empujó y entró en la habitación. Lady Em estaba sentada en un amplio sillón de orejas tapizado en terciopelo rojo. Celia tuvo la impresión de hallarse ante una reina en su trono. Desde luego, tiene un aire majestuoso, pensó.

—Gracias, Celia. —La voz de la anciana sonó fatigada—. No esperaba tener que pedirte que vinieras hasta aquí a estas horas.

La joven sonrió. Con pasos rápidos, cruzó la habitación y se sentó en la butaca que estaba más cerca de la dama. El cansancio era evidente en su rostro, así que fue directa al grano.

—¿En qué puedo ayudarla?

—Antes de explicarte por qué te he pedido que vinieras, quiero que sepas dos cosas. Estoy enterada de la vergonzosa situación relacionada con tu prometido, y quiero asegurarte que estoy totalmente convencida de que no tuviste nada que ver.

—Gracias, Lady Em. Es muy importante para mí oírla decir eso.

—Me alegro mucho de poder hablar con franqueza con alguien de mi confianza. Sabe Dios que en los últimos tiempos son pocas las personas de las que puedo fiarme. Y por eso experimento un abrumador sentimiento de culpa. Estoy segura de que la muerte de Roger no fue un accidente, sino un suicidio, y que fue culpa mía.

—¡Culpa suya! —exclamó Celia—. Pero ¿cómo puede usted pensar siquiera que...?

Lady Em levantó la mano.

—Escúchame. Voy a explicártelo de forma muy simple. La noche antes de zarpar acudí a un cóctel. Hace décadas que Richard y yo pusimos nuestras cuentas en manos de la firma de contabilidad y gestión financiera fundada por el abuelo de Roger y, cuando el padre se hizo cargo del negocio, mantuvimos la relación. Cuando este murió en un accidente hace siete años, seguí con Roger. Un amigo con el que me encontré en ese cóctel me advirtió que tuviera mucho cuidado porque, según él, Roger no era un hombre íntegro como su padre y su abuelo. Corrían rumores de que antiguos clientes de Roger creían que había estado manipulando sus cuentas para beneficiarse personalmente. Mi amigo me aconsejó que encargara a una firma externa la comprobación de mis finanzas para asegurarme de que todo estaba en orden.

»La advertencia me inquietó tanto que le comenté a Roger mi decisión de encargar una auditoría. —Su voz se entristeció de pronto—. Conocí a Roger cuando aún era un niño. En verano invitaba a sus padres a pasar las vacaciones en mi yate. Por supuesto, traían a Roger. Yo decía en broma que era mi hijo adoptivo. Lo cierto es que acabé considerándolo como una especie de hijo.

—¿Qué habría hecho si una auditoría de sus finanzas hubiera confirmado sus sospechas?

—Le habría denunciado —afirmó Lady Em—. Y él lo sabía. Hace un tiempo, un cocinero que llevaba casi veinte años conmigo, a cuyos hijos pagué los estudios, empezó a hinchar mis facturas de comida y alcohol. Recibo invitados con frecuencia, por lo que tardé muchos meses en darme cuenta. Lo condenaron a dos años de cárcel.

—Se lo merecía —reconoció Celia con firmeza—. Todos aquellos que engañan a otras personas, sobre todo a quienes se portan bien con ellos, deberían ir a la cárcel.

Lady Em hizo una pausa.

—¿Has traído tu microscopio? —preguntó después.

—Sí. Se llama lupa.

Celia se percató de que Lady Em sostenía una pulsera en la mano.

—Mira esto, por favor, y dime qué opinas —le pidió, entregándosela.

Sacó la lupa, se la acercó al ojo y giró despacio el brazalete delante del instrumento.

—Me temo que no opino gran cosa —dijo por fin—. Los diamantes son de calidad inferior, de los que se venden en casi todas las joyerías baratas.

—Eso es exactamente lo que esperaba que dijeras.

Celia vio el temblor en el labio inferior de Lady Em.

—Y, por desgracia —añadió al cabo de unos momentos—, eso significa que Brenda, mi empleada de confianza y compañera durante más de veinte años, también me ha estado robando.

Celia le devolvió la joya.

—Volveré a guardar la pulsera en la caja fuerte y actuaré como si no pasara nada. Aunque me temo que ya le he dicho a Brenda que la veía diferente.

La dama apretó el cierre del collar de Cleopatra.

—Me preocupa mucho haberme comportado como una vieja insensata al embarcar con este tesoro. He cambiado de opinión; ya no voy a donarlo al Instituto Smithsonian. Cuando vuelva a Nueva York se lo entregaré a mis abogados y les pediré que organicen con la firma del señor Cavanaugh su devolución a Egipto.

Celia intuía la respuesta, pero preguntó de todos modos.

—¿Qué le ha hecho cambiar de opinión?

—El señor Cavanaugh es un joven muy agradable. Me ha ayudado a reconocer ante mí misma que, por mucho dinero que el padre de Richard pagara por el collar, en realidad procede de una tumba saqueada. Lo correcto es devolverlo a Egipto.

—Sé que no ha pedido usted mi opinión, Lady Em, pero creo que ha tomado la decisión más acertada.

—Gracias.

Lady Em acarició el collar con los dedos.

—En el cóctel de esta noche, el capitán Fairfax me ha rogado que se lo entregase, que lo guardaría en su caja fuerte personal y, para más seguridad, pondría a un vigilante en la puerta de su camarote. La Interpol le ha informado de la posibilidad de que el Hombre de las Mil Caras, un ladrón internacional de joyas, viaje en este barco. Ha insistido en que le diese el collar después de la cena. Le he dicho que pienso lucirlo mañana por la noche, pero creo que podría ser un error.

El collar se deslizó en la mano de la dama, que se lo entregó a Celia.

—Coge esto, por favor. Guárdalo en la caja fuerte de tu habitación y dáselo al capitán mañana por la mañana. No pienso salir de mi suite en todo el día. Pediré que me sirvan las comidas aquí y dejaré que Brenda se las arregle sola. Francamente, necesito un poco de tranquilidad para decidir qué hago acerca de los robos de Brenda y Roger.

—Como usted quiera —accedió Celia, y se puso de pie mientras cerraba los dedos en torno al collar. Obedeciendo a un impulso, abrazó a Lady Em y la besó en la frente—. Ninguna de las dos merecíamos lo que nos ha ocurrido, pero ambas lo superaremos.

—Desde luego.

Celia fue hasta la puerta y desapareció en el corredor.

51

Víctima de un hombre que no solo la había embaucado y engañado, sino que también había intentado convertirla en su cómplice. Pobre Celia, pensó Lady Em mientras se preparaba para acostarse. Me alegro de haberle dado el collar. Estará más seguro en la caja fuerte del capitán.

Una abrumadora sensación de agotamiento la invadió de pronto. Creo que podré dormir un rato, pensó mientras empezaba a adormecerse. Unas tres horas más tarde se despertó sobresaltada, con la impresión de no estar sola en la habitación. A la luz de la luna y de la lamparilla, pudo ver que alguien avanzaba hacia ella.

—¿Quién es? ¡Salga de aquí! —exclamó mientras algo suave descendía rápidamente hasta cubrirle la cara.

—No puedo respirar, no puedo respirar... —intentó decir.

Desesperada, trató de apartar de sí el obstáculo que la asfixiaba, pero no tuvo fuerzas suficientes.

Mientras empezaba a perder el conocimiento, su último pensamiento fue que la maldición del collar de Cleopatra se había cumplido.

Día 4

52

Lady Em había pedido que le sirvieran el desayuno a las ocho. Raymond llamó con los nudillos, abrió con su llave y entró empujando el carrito de servicio. La puerta del dormitorio estaba entreabierta, por lo que el mayordomo pudo ver que Lady Em seguía dormida en su cama. Sin saber qué hacer, decidió regresar a su puesto y llamarla por teléfono para avisarla de que le había llevado el desayuno.

Cuando la dama no respondió al cabo de siete timbrazos, una sospecha empezó a arraigar en su mente. Lady Em era muy mayor. Al arreglar la suite, Raymond había visto el arsenal de medicamentos que guardaba en el armario del baño. No sería el primer anciano que muriera durante un crucero.

Antes de contactar con el médico, volvió a la suite. Golpeó con los nudillos la puerta del dormitorio y llamó a la dama por su nombre. Al no obtener respuesta, vaciló unos instantes y entró. Tocó su mano. Tal como sospechaba, estaba fría. Lady Emily Haywood estaba muerta. Nervioso, Raymond cogió el teléfono de la mesilla de noche.

Se dio cuenta de que la caja fuerte estaba abierta y que había joyas tiradas por el suelo. Más vale que las deje donde están, pensó. No conviene que me acusen de robo. Tomada la decisión, telefoneó al médico del barco.

El doctor Edwin Blake, un canoso cirujano vascular de sesenta y ocho años, había cerrado su próspera consulta hacía tres años. Era viudo desde hacía mucho y sus hijos eran ya mayores. Un amigo que trabajaba en Castle Lines le había sugerido la posibilidad de viajar como jefe del servicio médico de un crucero. Blake aprovechó la oportunidad con mucho gusto. Meses después, cuando lo invitaron a embarcarse en el *Queen Charlotte*, aceptó encantado.

Tras recibir el aviso, se apresuró a acudir a la suite de Lady Em. Le bastó una ojeada para confirmar que estaba muerta, pero en el acto le preocupó el hecho de que tuviera un brazo colgando del borde de la cama y el otro alzado por encima de la cabeza. Se inclinó para examinar el rostro y observó sangre seca en las comisuras de la boca.

Suspicaz, miró a su alrededor y se percató de que la otra almohada estaba tirada de cualquier manera sobre la colcha. La cogió, le dio la vuelta y descubrió una reveladora mancha de sangre. Vaciló unos instantes; no quería que Raymond adivinara sus pensamientos.

—Me temo que esta pobre señora sufrió un último instante de terrible dolor durante el infarto que acabó con su vida —declaró.

Cogió al mayordomo del brazo, salió con él del dormitorio y cerró la puerta.

—Informaré al capitán Fairfax del fallecimiento de lady Haywood —le dijo—. Recuerde que no debe decirle a nadie ni una sola palabra de esto.

La autoridad de su voz puso fin a la intención de Raymond de correr al teléfono para informar de lo sucedido a sus amigos del personal.

—Por supuesto, señor —respondió—. Es muy triste, ¿verdad? Lady Haywood era una señora muy refinada. Y pensar que ayer mismo se produjo el horrible accidente del señor Pearson...

Esto no ha sido ningún accidente, pensó el doctor Blake,

sombrío, mientras se disponía a marcharse para informar al capitán. De pronto, se detuvo.

—Raymond, quiero que monte guardia en la puerta. Absolutamente nadie debe entrar en esta suite hasta que yo regrese. ¿Queda claro?

—Desde luego. La asistente de lady Haywood tiene llave. Sería horroroso que entrase antes de ser informada de lo ocurrido, ¿no es así?

O antes de tratar de destruir cualquier prueba si es culpable de asesinato, añadió Edwin Blake para sí.

53

El jefe de seguridad Saunders, el doctor Blake y el capitán Fairfax llegaron juntos a la suite. Antes de trasladar el cadáver al depósito del barco hicieron numerosas fotografías del rostro de Lady Em, de la posición de su brazo derecho y de la mancha de sangre en la almohada.

La sospecha inmediata de los tres hombres fue que el móvil del asesinato había sido el robo. Ante la mirada de los otros dos, Saunders se dirigió a la caja fuerte abierta y miró en su interior. Además de los anillos y la pulsera que se hallaban desperdigados en el suelo, vio varias joyas tiradas de cualquier modo en el estante inferior del armario. En el fondo, descubrió unas cuantas bolsitas para joyas parcialmente ocultas por los largos vestidos de noche que colgaban de las perchas.

—¿Está ahí el collar de esmeraldas? —preguntó el capitán Fairfax en voz baja.

Saunders lo había visto en el cuello de Lady Em durante la cena en el comedor.

—No, señor; no está. Ahora estoy aún más seguro de que nos encontramos ante un robo con homicidio.

54

Gregory Morrison era un multimillonario extravagante que siempre había soñado con tener una empresa de cruceros propia.

Tuvo la sensatez de no seguir el consejo de su padre, capitán de un remolcador, quien le recomendó dedicarse a sacar transatlánticos al mar cuando acabara el instituto. En vez de eso, se graduó en la universidad con las máximas calificaciones y obtuvo un máster en administración de empresas. Después trabajó en Silicon Valley como analista, utilizando su astucia para distinguir qué empresas de reciente creación ofrecían las nuevas tecnologías más prometedoras. Quince años después de crear su propio fondo de inversión, lo vendió y se convirtió en multimillonario.

Morrison recuperó de inmediato el objetivo de su vida: poseer barcos de pasajeros. Compró el primero en una subasta, lo renovó y programó su primer crucero. En colaboración con una de las agencias de relaciones públicas más importantes consiguió que varios famosos de distintos ámbitos se embarcaran en el viaje inaugural. A cambio del crucero gratuito, consiguió que compartieran sus impresiones de la travesía con sus legiones de seguidores en Facebook y Twitter. Le salió bien, y su nueva empresa de cruceros empezó a despertar interés.

Antes de cumplir su primer aniversario ya era necesario reservar plaza con dos años de antelación. Morrison no tardó en adquirir el segundo, el tercer y el cuarto barco, hasta que la Gregory Morrison River Cruises se convirtió en la primera opción entre los amantes de esa clase de viajes.

Morrison, que para entonces contaba sesenta y tres años, se había ganado fama de exigente y perfeccionista, así como de aplastar sin piedad a cualquier persona o cosa que se interpusiera en su camino. Todo lo que había logrado hasta ese momento estaba destinado a alcanzar su principal sueño: crear y explotar un transatlántico distinto de todos los demás, insuperable en cuanto a lujo y elegancia.

Sobre todo, deseaba aventajar al *Queen Mary*, al *Queen Elizabeth* y al *Rotterdam*. No quiso socios ni accionistas. El barco que iba a construir sería su exclusiva obra maestra. Y cuando estudió todos los equipamientos de esos barcos, se dio cuenta de que el buque más lujoso jamás construido era el *Titanic*. Dio instrucciones a su arquitecto para que proyectara una réplica exacta de la magnífica escalinata y del comedor de primera clase. Se incluirían instalaciones propias de otros tiempos, como un salón de fumar para caballeros, así como pistas de squash y frontenis y una piscina olímpica.

Tanto las suites como los camarotes serían mucho más espaciosos que los de la competencia, y el servicio en los comedores sobrepasaría incluso al del *Titanic*. Los pasajeros de primera clase utilizarían cubiertos de plata de ley, y los demás, de chapados en plata. Solo se utilizaría la mejor porcelana.

Como en el *Queen Elizabeth* y el *Queen Mary*, en las paredes colgarían retratos de los monarcas británicos y de miembros de la realeza de distintos países europeos. Ningún detalle resultaba demasiado pequeño o caro para Gregory Morrison, que bautizó el barco como *Queen Charlotte* en honor a la princesa Carlota de Cambridge, bisnieta de la reina Isabel II.

Lo que Gregory no había previsto era hasta qué punto mermaría sus recursos financieros, por cuantiosos que fuesen, una empresa como aquella. Era indispensable que la primera travesía fuese un glorioso éxito.

Más de mil veces le entraron ganas de morderse la lengua tras autorizar a la firma de relaciones públicas para que mencionase el nombre del *Titanic* en sus notas de prensa. Los periódicos pasaron por alto un detalle: lo que se pretendía era hacer referencia al esplendor del *Titanic*, y no a su aciago viaje inaugural.

Durante los tres primeros días de viaje, Gregory Morrison se mantuvo atento al menor detalle que pudiese no alcanzar la perfección.

Con su corpulencia y su metro ochenta y dos de estatura, sus penetrantes ojos castaños y su abundante cabellera plateada, Morrison era una figura formidable. Todo el mundo le temía, desde el chef y sus ayudantes hasta los recepcionistas, pasando por los camareros de los restaurantes y las suites. Por eso, cuando el capitán Fairfax pidió verlo, lo primero que preguntó fue si ocurría algo.

—Creo que deberíamos tener esta conversación en la intimidad de su suite, señor —respondió el capitán.

—Espero que no me diga que ha caído por la borda otro pasajero. —La voz de Morrison retumbó a través del auricular—. Suba inmediatamente.

Cuando llegaron el capitán Fairfax, John Saunders y el doctor Blake, la puerta de la suite estaba ya abierta.

—¡No me digan que ha muerto alguien más! —exclamó Morrison al ver al doctor Blake.

—Me temo que es aún peor, señor —afirmó el capitán—. No se trata simplemente de alguien. Esta mañana han encontrado muerta en el dormitorio de su suite a lady Emily Haywood.

—¡Lady Emily Haywood! —estalló Morrison—. ¿Qué le ha sucedido?

—Lady Haywood no murió por causas naturales —contestó el doctor Blake—. La asfixiaron con una almohada. No me cabe ninguna duda de que fue un homicidio.

En condiciones normales Morrison tenía un rostro rubicundo, como si hubiese estado expuesto a un viento frío. Ahora, ante los ojos de los otros tres hombres, palideció hasta adquirir un macilento tono grisáceo.

—Anoche llevaba el collar de Cleopatra. ¿Lo han encontrado en la suite? —preguntó, abriendo y cerrando los puños.

—La caja fuerte estaba abierta y habían sacado las joyas. Faltaba el collar de Cleopatra —confirmó Saunders en voz baja.

Durante un buen rato, Morrison no dijo nada. Lo primero que pensó fue en cómo podía mantenerse en secreto la noticia del asesinato. Y la terrible publicidad que sin duda se generaría si se daba a conocer.

—¿Quién más lo sabe?

—Aparte de nosotros cuatro, Raymond Broad, el mayordomo de la suite de Lady Em. Ha sido él quien ha encontrado el cadáver. Le he dicho que había muerto por causas naturales —explicó el doctor Blake.

—La noticia del asesinato no debe salir de esta habitación bajo ningún concepto. Capitán Fairfax, usted redactará un comunicado diciendo que falleció apaciblemente mientras dormía. Y ni una palabra sobre el collar desaparecido.

—Si me permite hacer una sugerencia, señor Morrison, cuando suban a bordo las autoridades en Southampton lo primero que preguntarán será qué hemos hecho para preservar la escena del crimen y controlar quién ha entrado o salido de la suite. Dicho esto, tendremos que volver a la suite para trasladar el cadáver al depósito —explicó Saunders.

—¿Podemos esperar hasta la noche para retirar el cadáver? —preguntó Morrison.

—Señor, eso no sería sensato y podría despertar sospechas —apuntó el doctor Blake—. Puesto que debemos anunciar la muerte, a nadie le extrañaría que el cadáver, cubierto, claro está, fuese trasladado al depósito del barco.

—Bájenla cuando la mayoría de los pasajeros estén comiendo —ordenó Morrison—. ¿Qué sabemos del mayordomo, Raymond Broad?

—Como he dicho —respondió Saunders—, es quien ha descubierto el cadáver. La noche anterior, la señora ordenó que le sirvieran el desayuno en su habitación y él así lo ha hecho. Llevaba muerta al menos cinco o seis horas cuando la ha encontrado. Quien cometió el crimen lo hizo hacia las tres de la mañana. En cuanto al señor Broad, hace quince años que trabaja en sus empresas, señor, entre ellas Morrison River Cruises. Nunca se le ha relacionado con ninguna infracción.

—La persona que lo hizo, ¿forzó la puerta de la habitación?

—No hay daños en la cerradura.

—¿Quién más tenía llave de la habitación?

—Sabemos que la asistente, Brenda Martin, tenía un duplicado —dijo Saunders—. Sin embargo, me permito recordarle que corre el rumor de que el llamado Hombre de las Mil Caras, ese famoso ladrón internacional, se encuentra a bordo del barco. Incluso ha anunciado su presencia aquí a través de internet. Alguien con su habilidad sabría eludir el problema de la cerradura y acceder a la caja fuerte.

—¿Por qué no se me ha informado de la presencia de un ladrón de joyas a bordo? —rugió Morrison.

—Le envié una nota, señor —respondió Fairfax—, informándole de que viaja con nosotros un miembro de la Interpol para proporcionarnos más seguridad.

—¡Pues es evidente que ese idiota está haciendo un gran trabajo!

—Señor, ¿debemos avisar a los del departamento legal y pedirles asesoramiento? —quiso saber Saunders.

—¡No quiero su asesoramiento! —estalló Morrison—. ¡Quiero llegar a Southampton a tiempo, sin más incidentes, y sacar ese maldito cadáver de mi barco!

—Otra cosa, señor. Las joyas que están en el suelo deben de ser muy valiosas. Si las dejamos allí, corremos el riesgo de que... desaparezcan. Pero si vamos a buscarlas...

—Ya lo sé —lo interrumpió Morrison—. Corremos el riesgo de alterar innecesariamente la escena de un crimen.

—Me he tomado la libertad de ordenar que vigilen la puerta de la suite —le informó Saunders.

—¿Está seguro de que no hay ninguna posibilidad de que lo haya hecho el mayordomo? —Morrison ignoró sus palabras—. Si ha sido él, no quiero saberlo. Es de sobra conocido que, si un empleado es culpable del crimen, yo, como propietario del barco, seré responsable ante cualquier demanda que se presente. —El armador empezó a pasear por la habitación con los puños apretados—. Aparte de su asistente, Brenda Martin, ¿quién más acompañaba a lady Haywood?

—Roger Pearson, el hombre que cayó por la borda, era su asesor financiero y el albacea de su testamento; él, su esposa Yvonne y Brenda Martin viajaban por cuenta de lady Haywood.

—Vi a esa gente en su mesa del comedor —recordó Morrison—. ¿Quién era aquella joven tan guapa? La conocí en el cóctel, pero no recuerdo su nombre.

—Es Celia Kilbride. Una de nuestras conferenciantes, al igual que el profesor Longworth.

—Su especialidad es la historia de joyas famosas —añadió el capitán Fairfax.

—Señor Morrison —siguió Saunders—, creo que yo debería hablar con los pasajeros que ocupan las suites próximas a la de lady Haywood por si han oído algún sonido extraño o han visto a alguien en el pasillo.

—Ni se le ocurra. Eso sería una pista muy clara de que ha ocurrido algo. No estamos tratando de resolver un crimen. No me importa quién lo haya hecho, siempre que no sea un empleado mío. —Morrison hizo una pausa para reflexionar—. Repítame lo que ha dicho el mayordomo.

—Se llama Raymond Broad —respondió Saunders—. Cuenta una historia muy simple. Como usted sabe, cuando un cliente encarga una comida para una hora determinada, nuestros mayordomos, después de llamar a la puerta, están autorizados para entrar en la suite y dejar el carrito. Se trata de un servicio especialmente necesario para nuestros huéspedes más mayores, muchos de los cuales son duros de oído. Como la puerta del dormitorio de Lady Em estaba abierta, dice que echó un vistazo al interior, vio que seguía en la cama y le anunció que su desayuno estaba servido. Cuando ella no respondió, volvió a su puesto y telefoneó a la habitación, pero no obtuvo respuesta. Pensó que debía de ocurrir algo raro, así que regresó a la suite y entró en el dormitorio. Entonces vio que la puerta de la caja fuerte estaba abierta y que había joyas tiradas por el suelo. Se acercó hasta la cama y se dio cuenta de que la señora no respiraba. Le tocó la mano y notó que tenía la piel fría. Entonces utilizó el teléfono de la suite para llamar al doctor Blake.

—Dígale que, si quiere conservar su empleo, más le vale no abrir la boca sobre lo que ha visto en esa suite. Déjele muy claro que la señora ha muerto mientras dormía. Eso es todo.

55

El profesor Longworth estaba desayunando solo cuando llegó Brenda Martin. Qué aburrida es esta mujer, pensó mientras se levantaba cortésmente y la saludaba con una sonrisa.

—¿Cómo se encuentra Lady Em esta mañana? —preguntó—. Anoche me dejó preocupado. Estaba muy pálida.

—Son ya las nueve y aún no he tenido noticias suyas, lo que significa que habrá pedido el desayuno en la suite —respondió Brenda.

El camarero estaba a su lado. La mujer pidió su habitual desayuno contundente, que incluía zumo de naranja, melón francés, huevos escalfados con salsa holandesa, salchichas y café.

Fue entonces cuando Yvonne Pearson se acercó a la mesa.

—Ya no soportaba estar sola —explicó con la voz quebrada—. Quería estar con amigos. —Para acentuar su aspecto supuestamente afligido, apenas se había maquillado. Como no llevaba ropa negra en las maletas, había optado por ponerse un chándal gris. La única joya que lucía era su alianza de diamantes. Había dormido muy bien y era consciente de que no mostraba la apropiada expresión de agotamiento. Sin embargo, mientras el camarero le sujetaba la silla, añadió con un suspiro—: Me he pasado toda la noche llorando. Solo podía pensar en mi querido Roger cayendo. Ojalá me hubiese escuchado. Le rogué muchas veces que no se sentara en la barandilla.

Se enjugó una lágrima imaginaria mientras se sentaba y cogió la carta.

Brenda asintió, compasiva, pero el profesor Longworth, un astuto observador de la naturaleza humana, supo ver a través de las apariencias. Es buena actriz, pensó. No creo que fueran felices juntos. Estaba claro que había tensión entre ellos. Roger seguía a Lady Em como un perrito, e Yvonne no disimulaba que ambos la aburrían.

En ese momento se escuchó en todo el barco el lúgubre aviso del capitán anunciando que Lady Em había fallecido mientras dormía.

Brenda lanzó un grito ahogado.

—¡Oh, no!

Se levantó y salió corriendo del comedor.

—¿Por qué no me lo han dicho? ¿Por qué no me lo han dicho?

Henry Longworth e Yvonne Pearson intercambiaron una mirada conmocionada y luego clavaron la vista en el plato, incapaces de reaccionar.

En su mesa, Alvirah, Willy, Anna DeMille y Devon Michaelson reaccionaron ante el anuncio con incredulidad.

—Dos muertos en dos días —susurró Anna—. Mi madre suele decir: «Las desgracias nunca vienen solas, y no hay dos sin tres».

—Yo también he oído esa frase —respondió Alvirah—, pero estoy segura de que solo son cuentos de viejas.

Al menos eso espero, se dijo.

56

Celia se había pasado casi toda la noche en vela. La responsabilidad de guardar el collar de Cleopatra, aunque fuese durante unas pocas horas, resultaba abrumadora. Además, le ponía enferma saber que era muy probable que la asistente de Lady Em, Brenda Martin, y su asesor financiero, Roger Pearson, le hubiesen estado robando. Qué triste debe ser tener ochenta y seis años y darte cuenta de que unas personas a las que considerabas buenos amigos y empleados bien remunerados pueden haberte tratado así. Es una pena que Lady Em no tenga parientes cercanos, pensó Celia.

Yo tampoco los tengo, se dijo, deprimida. Desde que empezó la terrible situación, echaba de menos a su padre cada vez más. Aunque pareciese una locura, estaba resentida con él por no haber vuelto a casarse ni haberle dado hermanos. Hermanastros, se corrigió, pero a mí me bastaría. Sabía que pocos de los amigos que habían invertido en el fondo de Steven la consideraban cómplice. No obstante, casi todos se habían mostrado muy fríos con ella. Al fin y al cabo, el dinero ahorrado para una nueva vivienda o para fundar una familia se había esfumado. Culpable por asociación, pensó con amargura mientras por fin comenzaba a cerrar los ojos.

El sueño que llegó dio como resultado cinco horas de pesada y honda inconsciencia. Eran las nueve y media cuando la despertó la voz del capitán Fairfax:

—Con gran pesar, anunciamos el fallecimiento de lady Emily Haywood durante la noche...

¡Lady Em ha muerto! Eso es imposible, pensó Celia. Se incorporó y salió de la cama. Mil pensamientos se agolpaban en su cabeza. ¿Sabrán que falta el collar de Cleopatra? ¿Habrán abierto inmediatamente la caja fuerte para buscarlo? ¿Qué pensarán si voy a ver al capitán, le doy el collar y le explico en qué circunstancias me lo entregó Lady Em?

Empezó a calmarse mientras analizaba el problema. Al darle el collar al capitán, demostraría que no era una ladrona. ¿Qué ladrón se tomaría la molesta de robar algo para devolverlo horas después?

No seas tan paranoica, se dijo. Todo saldrá bien.

Sus pensamientos se vieron interrumpidos por el sonido del teléfono. Era su abogado, Randolph Knowles.

—Lamento decirte esto, pero acabo de hablar con el FBI y han decidido interrogarte en cuanto vuelvas a Nueva York.

Acababa de colgar cuando sonó de nuevo el aparato. Era Alvirah.

—Celia, quería avisarte. He visto las noticias de la mañana. Ya hablan del artículo de *People*. —Hizo una pausa—. Imagino que habrás oído el anuncio por megafonía: Lady Em ha fallecido.

—Sí, lo he oído.

—El capitán no lo ha reconocido, pero corre el rumor de que la han asesinado y de que el collar de Cleopatra ha desaparecido.

Cuando finalizó la llamada, Celia fue hasta el sofá y se sentó en silencio, atónita. ¿Lady Em, asesinada?, pensó. ¿Y el collar desaparecido? Trató de mantener la calma mientras estallaban en su conciencia las tremendas consecuencias de aquellas palabras.

Yo tengo el collar, recordó, casi histérica. Estuve en la habitación de Lady Em horas antes de que muriera, antes de que fuese asesinada. Con la publicación hoy en *People* de ese artículo en el que Steven jura que yo fui cómplice del fraude, ¿quién va a creer que no soy capaz de robar si se me presenta la oportunidad? Cualquier traficante de antigüedades pagaría una fortuna por el collar para ofrecérselo a uno de esos coleccionistas privados que quieren un tesoro así para ellos solos. O para vender una a una esas increíbles esmeraldas a distintos joyeros. Y ¿quién tiene los contactos necesarios para concertar una venta privada? Yo, porque soy una gemóloga que viaja por el mundo.

Se dirigió a su caja fuerte, sacó el collar y contempló las impecables esmeraldas. Le costó asimilar que estaba considerando la posibilidad de salir al balcón y arrojarlo al océano.

57

Brenda encontró un vigilante de seguridad en la puerta de la suite de Lady Em.

—Lo siento, señora, no se permite a nadie entrar en esta habitación hasta que atraquemos en Southampton. Órdenes del capitán.

—He sido la asistente personal de Lady Em durante veinte años —protestó, frustrada—. Seguro que yo puedo...

—Lo siento, señora —repitió el hombre—. Son órdenes del capitán.

Brenda se volvió bruscamente y echó a andar por el pasillo mientras su rígida espalda expresaba la indignación que sentía. Confió en que el vigilante la estuviera mirando. Así me comportaría si esa mujer me importase, pensó. Se acabó lo de seguirla a todas partes arrastrando los pies para satisfacer sus caprichos y necesidades.

¡Ralphie! Ahora podría estar siempre con él. Ya no tendría que ocultar su existencia por miedo a que Lady Em no lo aprobase. El apartamento en el que vivía con Ralphie pertenecía a Lady Em. No le habría pasado nada por dejármelo a mí. ¿Quién sabe cuánto tiempo dejará que me quede la persona que administre sus propiedades? Bueno, Al menos mientras tanto no tendré que pagar alquiler. Me quedaré hasta que me digan que me vaya.

Volvió a pensar en Lady Em. Me deja trescientos mil dólares, pensó Brenda. Y hemos ganado dos millones cambiando y vendiendo sus joyas. ¡Soy libre! Ya no tengo que seguir rebajándome como he hecho durante todos estos años.

Al menos, durante la valoración de todas sus joyas no tendré que preocuparme de si alguien pregunta por qué hay tantas piezas baratas. Quizá piensen que, con todo lo que compró a lo largo de los años, algún joyero poco honrado la engañó y le vendió esas baratijas. Lady Em solo aseguraba las joyas que valían más de cien mil dólares. Se centrarán en esas piezas. Por suerte, Ralphie y yo nunca hemos tocado las joyas aseguradas.

Brenda se tranquilizó con esa idea hasta que se le ocurrió la posibilidad de que Lady Em le hubiera pedido a Celia Kilbride que echase un vistazo a su pulsera «de pícnic». Debo averiguar un poco más sobre esa gemóloga, pensó Brenda. Abrió el ordenador portátil y tecleó su nombre en Google. El primer resultado que apareció hacía referencia a la posible implicación de Celia en la estafa de su antiguo prometido. Acto seguido, abrió unos ojos como platos al ver otro titular que rezaba: «La filántropa lady Emily Haywood asesinada en un crucero de lujo».

Leyó el artículo con rapidez y cerró el ordenador. Respiraba agitadamente. Todo iría bien, pensó, si Lady Em hubiese muerto mientras dormía. Eso es lo que hacen los viejos. Si tienen razón y la asesinaron, ¿me mirarán con otros ojos?

Podría servirnos de tapadera. El artículo decía que el collar de Cleopatra había desaparecido. Eso significa que el asesino tuvo que abrir la caja fuerte de Lady Em. A no ser que lo atrapen, nadie sabrá cuántas joyas o qué piezas fueron robadas. Si me preguntan, puedo decir que Lady Em encargaba copias de algunas piezas, que trajo a este viaje piezas legítimas y copias. Que el ladrón debió de llevarse las joyas buenas y dejar las baratijas.

Brenda se sentía ahora muchísimo mejor. Eso explica también la presencia del vigilante en la puerta de la suite y que no me hayan dejado entrar. El capitán del barco intentaba ocultar el asesinato y el robo diciendo que había fallecido por causas naturales.

Lady Em ha muerto y yo tengo una coartada para las joyas, pero no estoy a salvo del todo.

Si le dijo a Celia que sospechaba que yo había sustituido la pulsera, ¿se lo contará a la policía cuando atraque el barco? ¿O se lo dirá al capitán ahora, y hará que la policía me espere? Si fue asesinada, ¿se sentirá la joven aún más obligada a comunicar cualquier cosa que le dijese Lady Em? Pero ¿tendrá alguna credibilidad teniendo en cuenta lo de la estafa del fondo de inversión?

Si les dice algo, será su palabra contra la mía, se dijo Brenda, nerviosa, mientras regresaba al comedor y le pedía al camarero una taza de café y una magdalena de arándanos. Cinco minutos más tarde, después de dar un buen bocado, la mandíbula se le paralizó. Soy la única que tiene llave de la suite de Lady Em. ¿Pensará alguien que la he matado?

58

Ted Cavanaugh estaba terminando de desayunar y de hablar por teléfono con su socio cuando sonó por megafonía el anuncio de la muerte de lady Haywood. Tuvo que sujetar con fuerza la taza de café que tenía en la mano para que no se le cayera.

Lo sintió por Lady Em, pero su siguiente pensamiento fue: espero que el collar de Cleopatra esté a salvo. Me pregunto si la prensa se habrá enterado de su muerte. Empezó a tocar la pantalla de su iPhone. Pronto confirmó sus sospechas.

El titular de *Yahoo Noticias* afirmaba: «Lady Emily Haywood asesinada. Famoso collar desaparecido». No puede ser cierto, pensó. Sin embargo, alguien debía haberlo verificado. El capitán no había hablado de asesinato en su anuncio. Internet estaba repleta de rumores absurdos, pero Ted supuso que aquello resultaba demasiado extraordinario como para no ser verdad. El artículo seguía diciendo que, esa madrugada, lady Haywood había sido asfixiada con una almohada mientras estaba acostada. Añadía que la caja fuerte estaba abierta y que había joyas tiradas por el suelo.

El collar de Cleopatra. Sería una gran tragedia que se perdiese. Era la última joya que había reclamado la reina egipcia antes de suicidarse para evitar caer prisionera de Octavio.

Pensó en las antigüedades que él y sus socios habían recuperado para sus legítimos propietarios. Cuadros para las familias de víctimas de Auschwitz. Lienzos y esculturas para el museo del Louvre que habían sido robados durante la ocupación de Francia en la Segunda Guerra Mundial. Y habían demandado con éxito a anticuarios y marchantes que habían vendido a compradores incautos copias de objetos valiosos como si fuesen auténticos.

Con la mente trabajando a toda velocidad, pensó en las personas presentes en el barco que tenían una estrecha relación con Lady Em.

Brenda Martin, por supuesto.

Roger Pearson, pero estaba muerto. ¿Lady Em y la viuda de Pearson eran amigas íntimas?

¿Y Celia Kilbride? Lady Em asistió a sus conferencias, charló con la gemóloga al terminar y la invitó a sentarse a su mesa.

Tecleó el nombre de la joven en Google. El primer resultado correspondía a una entrevista publicada en la revista *People* en la que su antiguo prometido juraba que ella era cómplice de la estafa por la que estaba acusado.

Como abogado que era, sabía que, tras la publicación de la entrevista, el FBI tendría que estudiar con más atención su posible implicación. Aquella chica debía de estar pagando unos honorarios altísimos.

¿Podía haberse visto empujada a robar el collar? Si fue ella quien lo hizo, ¿cómo consiguió entrar en la habitación de Lady Em?

Trató de imaginar lo que había ocurrido en la suite de Lady Em. ¿Acaso despertó y encontró a Celia Kilbride abriendo la caja fuerte?

Y, en tal caso, ¿se habría dejado la joven arrastrar por el pánico y habría cogido una almohada para asfixiar a la anciana dama?

Sin embargo, mientras todas esas ideas se agolpaban en su cabeza, Ted visualizó a Celia Kilbride llegando al cóctel la noche anterior, absolutamente preciosa, y saludando con calidez a algunos de los presentes.

59

Roger Pearson había asistido a la salida del sol con una desesperación creciente. Le pesaban los brazos. Le castañeteaban los dientes. Una fría lluvia le había proporcionado la indispensable agua fresca para calmar su sed, pero todo su cuerpo tiritaba.

Le costaba mucho esfuerzo mantener los brazos y las piernas en movimiento. Si no sufría hipotermia, poco le faltaba. Ignoraba si dispondría de la energía suficiente para volver a inflar los pantalones que utilizaba para mantenerse a flote cuando perdieran el aire que les quedaba. No podré aguantar mucho más, pensó.

Y entonces le pareció verlo. Un barco se dirigía hacia él. Hacía tiempo que había renunciado a los sentimientos religiosos, pero ahora se encontró rezando. Dios mío, que alguien esté mirando hacia aquí. Que alguien me vea.

«No hay ateos en las trincheras» fue su último pensamiento consciente. Se forzó a no agitar los brazos hasta estar dentro del alcance visual del barco. Ahora luchaba por mantenerse a flote entre las olas que, de pronto, habían empezado a obstruir sus fosas nasales y a alejarlo del buque.

60

Alvirah y Willy estaban enfrascados en una seria conversación mientras daban su paseo diario de dos kilómetros y medio por la cubierta.

—Willy, siempre existió el riesgo de que alguien robara el collar de Cleopatra, pero es horrible que hayan asfixiado a esa pobre señora para hacerse con él.

—La codicia es un móvil horrible —comentó en tono sombrío, y entonces se percató de que Alvirah lucía el anillo de zafiros que le había regalado por su cuadragésimo quinto aniversario de boda—. Cariño, nunca llevas joyas durante el día, salvo tu alianza de boda. ¿Por qué te has puesto el nuevo?

—Porque no pienso dejar que nadie se cuele en nuestro camarote y me lo robe —respondió ella—. Me juego lo que quieras a que la mayoría de las mujeres de este barco hacen lo mismo. Y, si prefieren no llevar puestas sus joyas, se las meterán en el bolso. ¡Ay, Willy! y pensar que este crucero fue perfecto durante los primeros días... Pero el pobre Roger Pearson se cayó por la borda, y ahora Lady Em ha sido asesinada. ¿Quién iba a pensarlo?

Él no contestó. Observaba las oscuras nubes que se estaban formando sobre sus cabezas y notaba cómo aumentaba el balanceo del barco. No me extrañaría que tuviéramos mal tiempo, pensó. Si es así, espero no tener la sensación de estar en el *Titanic*: lujo y más lujo para acabar en desastre.

Qué pensamiento tan absurdo, se reprochó mientras cogía la mano de Alvirah y la apretaba con fuerza.

61

El Hombre de las Mil Caras había escuchado con aire sombrío mientras el capitán anunciaba la muerte de Lady Em por megafonía.

Siento haber tenido que matarla, pensó. Fue un acto inútil. El collar había desaparecido. No estaba en la caja fuerte. Busqué en todos los cajones del dormitorio. No tuve tiempo de mirar en el salón, pero estoy seguro de que ella no lo habría dejado allí.

¿Dónde está? ¿Quién lo tiene? Cualquier persona de este barco habría podido seguirla y verla entrar en su suite. ¿Quién más tendría llave?

Mientras daba vueltas por la cubierta de paseo, empezó a calmarse y a hacer planes. Desde luego, la clase de gente que viaja aquí no es de la que roba un collar, decidió.

Durante la cena, era obvio que no se encontraba bien. Cualquiera que la estuviera observando con tanta atención como yo se habría dado cuenta. ¿Acudió a la suite su asistente, Brenda, después de cenar? Era posible, probable incluso.

Al parecer, había cierta tensión entre ella y Lady Em. ¿Era Brenda quien tenía el collar ahora?

Unos metros más adelante distinguió a los Meehan. El instinto le decía que debía tener cuidado con Alvirah. Había buscado su nombre en internet. Más le vale no tratar de resolver este crimen, pensó.

Aminoró el paso para no alcanzarlos. Necesitaba tiempo para pensar, para calcular su próximo movimiento. Solo faltaban tres días para llegar a Southampton, y no pensaba abandonar ese barco sin el collar de Cleopatra.

Y Brenda era la única que con toda certeza tenía llave de la suite de Lady Em. El Hombre de las Mil Caras sabía muy bien cuál debía ser su siguiente paso.

62

Después de correr durante una hora, Celia se duchó, se vistió y pidió café y una magdalena. Las palabras «¿qué hago?» daban vueltas y más vueltas por su mente. ¿Me creerá el capitán si le entrego el collar?, se preguntaba. Y si no me cree, ¿me encerrará en el calabozo? ¿Puedo borrar mis huellas y dejar el collar en algún sitio para que lo encuentren? Es una posibilidad. Pero ¿y si me viese alguien o me grabara una cámara? ¿Qué ocurriría entonces? ¿Tienen derecho a registrar los camarotes para buscar el collar? No, porque si lo hubieran hecho, ya lo habrían encontrado en mi caja fuerte.

Asustada ante esa idea, Celia paseó una mirada frenética por la habitación. Se dirigió a la caja fuerte, la abrió y sacó el collar de Cleopatra. Se había vestido para su conferencia con un cárdigan y un pantalón. El cárdigan era amplio, con un solo botón grande en el cuello, y los pantalones tenían profundos bolsillos. ¿Podría llevar el collar encima? Con manos temblorosas, se metió la voluminosa pieza en el bolsillo izquierdo y corrió a mirarse en el espejo.

No se veía ningún bulto.

Es lo mejor que puedo hacer, pensó, desesperada.

63

Lo que más le gustaba a Kim Volpone era dar un paseo antes del desayuno. Navegaba en el *Paradise*, un barco que haría su primera escala en Southampton. La intensa lluvia nocturna había dejado paso al sol, que acababa de asomar entre las nubes. Apenas había pasajeros en la cubierta.

Inhaló profundamente mientras caminaba. Le encantaba el olor de la fresca brisa del océano. Con cuarenta años y recién divorciada, viajaba con Laura Bruno, su mejor amiga. Kim se sentía muy aliviada al saber que el desagradable reparto de bienes había llegado a su fin. Walter, su marido, había resultado ser un soñador ajeno a la realidad.

En mitad de su paseo, se detuvo y miró hacia el horizonte. Entornó los ojos y parpadeó. ¿Qué estaba viendo? ¿Era parte de la basura flotante que por desgracia aparecía a veces en esas aguas? Quizá, aunque parecía moverse de un lado a otro.

A unos seis metros de ella había un hombre mayor que rodeaba con el brazo a una mujer aproximadamente de su misma edad. De su cuello colgaban un par de prismáticos.

—Disculpe, señor, creo que no nos conocemos. Me llamo Kim Volpone.

—Soy Ralph Mittl, y esta es mi esposa, Mildred.

—¿Podría prestarme sus prismáticos?

El hombre accedió de mala gana.

—Tenga cuidado —le advirtió—. Son muy caros.

—Lo tendré —prometió Kim con aire ausente mientras los cogía.

Se colgó la correa del cuello y ajustó las lentes. Cuando enfocó el objeto en movimiento, se quedó sin respiración. Parecía un brazo que se agitaba de un lado a otro. Lanzó un grito ahogado y le devolvió los prismáticos a su propietario.

—Mire allí —dijo en tono apremiante, señalando con el dedo—. ¿Qué ve?

Sorprendido, Ralph cogió los prismáticos, reajustó el enfoque y los dirigió hacia el horizonte.

—¡Hay alguien! —exclamó, volviéndose hacia ella—. Me quedo vigilando. Vaya a decirle a algún miembro de la tripulación que llame al capitán. Hay alguien en el agua que intenta hacer señales.

Al cabo de diez minutos, un bote con cuatro tripulantes se dirigía a toda velocidad hacia la persona que estaba en el agua.

64

Morrison exigió a gritos la inmediata presencia en su suite del capitán Fairfax y de John Saunders, que acudieron en el acto.

—¿Cómo se ha filtrado la historia? —preguntó el armador, a punto de sufrir un ataque—. ¿Quién le ha contado a la prensa lo sucedido?

—Solo puede haber sido el Hombre de las Mil Caras —contestó Saunders.

—¿Y el doctor Blake? ¿Y el mayordomo?

El capitán Fairfax se puso rígido, aunque intentó disimular su ira.

—Pondría la mano en el fuego por el doctor Blake. Él nunca revelaría esa información. En cuanto a Raymond Broad, tal como le dije, ni siquiera estoy seguro de que supiera que lady Haywood había muerto asesinada. Puestos a hacer conjeturas, coincido con el señor Saunders: parece que el Hombre de las Mil Caras ha vuelto a jactarse de su habilidad ante los medios de comunicación.

—Espere un momento. ¿Y ese tipo, el detective de la Interpol? ¿Cómo se llama? —dijo Morrison mientras las arrugas de su frente se hacían más profundas.

—Devon Michaelson, señor —respondió el capitán.

—Dígale que quiero que suba ahora mismo. ¡Ahora mismo! —vociferó Morrison.

Sin contestar, Fairfax cogió el teléfono.

—Llame a la suite de Devon Michaelson —ordenó. El detective cogió el aparato al cabo de tres timbrazos—. Señor Michaelson, soy el capitán Fairfax. Estoy en la suite del señor Morrison. Quiere que suba usted a verlo de inmediato.

—Por supuesto, sé dónde está. Voy enseguida.

Durante tres minutos reinó un silencio incómodo, solo roto cuando Devon Michaelson llamó a la puerta y la abrió.

Morrison no se anduvo por las ramas.

—Tengo entendido que es de la Interpol —empezó con brusquedad—. Ha habido un asesinato y han robado una joya de valor incalculable. ¿No se supone que debía usted evitarlo?

Michaelson no intentó disimular su ira.

—Señor Morrison —respondió en tono glacial—, supongo que me facilitará las grabaciones de seguridad de la zona de comedor y de los pasillos que conducen a la suite de lady Haywood.

—Señor Michaelson —replicó el armador—, seguramente no está usted al corriente de la situación en la mayoría de los cruceros. Valoramos la intimidad de nuestros clientes, y por supuesto no colocamos cámaras en los pasillos.

—Lo que significa que también protegen la intimidad de un ladrón y un asesino. ¿No se les pasó por la cabeza que, con los objetos de valor que guardan sus pasajeros en sus carísimas suites, podía ser conveniente contar con la presencia constante de un vigilante de seguridad?

—¡No me diga cómo llevar mi barco! —saltó Morrison—. ¡Vigilantes por todas partes! Dirijo un crucero de lujo, no una cárcel. En fin, estoy seguro de que es un excelente detective y a estas alturas ya habrá resuelto el caso. ¿Por qué no nos cuenta lo que ocurrió?

—Puedo decirles una cosa —respondió el agente en tono gélido—, y es que estoy estudiando de cerca a varias personas.

—Quiero saber quiénes son —exigió el dueño del barco.

—La experiencia me ha enseñado a centrarme en primer lugar en quien encontró el cadáver. A menudo esa persona no dice todo lo que sabe. Estoy indagando a fondo los antecedentes del mayordomo, Raymond Broad.

—Le aseguro que cada empleado de este barco fue investigado antes de su contratación —insistió Saunders.

—Estoy convencido de ello, pero yo les aseguro a ustedes que los recursos de investigación de la Interpol superan ampliamente los suyos.

—¿Quién más? —lo apremió Morrison.

—Hay varios pasajeros más cuyos antecedentes despiertan mi interés. Por ahora, solo les diré un nombre: Edward Cavanaugh.

—¿El hijo del embajador? —preguntó Fairfax, consternado.

—Ted Cavanaugh, como se hace llamar, viaja mucho por Europa y Oriente Medio. He rastreado sus vuelos, los sellos de su pasaporte y sus estancias en hoteles. Tal vez sea una simple coincidencia, pero en los últimos siete años ha estado muy cerca de las escenas de los robos del Hombre de las Mil Caras. Y ha indicado abiertamente su interés por el llamado collar de Cleopatra. Y ahora que he contestado a sus preguntas —concluyó—, he de marcharme.

Cuando se cerró la puerta detrás de Michaelson, el capitán Fairfax se volvió hacia el armador.

—Otra cosa, señor. La prensa no deja de acosarme con llamadas y correos electrónicos para preguntarme cómo murió Lady Em y si robaron el collar de Cleopatra. ¿Qué quiere que responda?

—Nos aferraremos a nuestra historia de que Lady Em murió por causas naturales, ¡y punto! —bramó Morrison.

—Sabemos que el collar de Cleopatra ha desaparecido —siguió el capitán—. ¿No deberíamos advertir a los pasajeros de que deben tener cuidado con sus objetos valiosos?

—¡Ni una palabra sobre joyas desaparecidas o robadas! Eso es todo.

Los dos hombres interpretaron sus palabras como una despedida y abandonaron la suite.

Aunque solo eran las diez de la mañana, Gregory Morrison se sirvió un generoso vaso de vodka. No era muy dado a rezar, pero pensaba: Dios mío, que no la haya matado un empleado.

Diez minutos después recibió una llamada del departamento de relaciones públicas de su empresa. Aparte de los rumores que afirmaban que habían asesinado a Lady Em y robado su collar, se decía que, debido al artículo de *People*, el FBI tenía intención de interrogar de nuevo a Celia Kilbride acerca de su implicación en un fraude. Al tratarse de una de las conferenciantes del *Queen Charlotte*, el capitán y él debían prepararse para responder a las preguntas de los pasajeros.

—¡Me alegro de saberlo! —gritó.

Colgó el teléfono y llamó a su jefe de seguridad para ordenarle que volviera a su suite.

—¿Sabía usted que una de nuestras oradoras, Celia Kilbride, es sospechosa de estar implicada en un fraude? —le preguntó a Saunders con una voz fría que quería parecer serena.

—No, no lo sabía. El director de animación es quien los contrata. Como es natural, yo me centro sobre todo en los pasajeros y empleados de Castle Lines.

—¿Cuándo dará esa tal Kilbride su próxima charla?

Saunders sacó su iPhone y tocó la pantalla varias veces antes de responder.

—Esta tarde en el teatro. Pero no es otra conferencia, sino una conversación con el señor Breidenbach, el director de animación, y también contestará las preguntas del público.

—Pues dígale que lo olvide. ¡Solo me falta que la gente sepa que contraté a una ladrona!

Saunders eligió sus palabras cuidadosamente.

—Señor Morrison, creo que lo que más nos interesa es mantener la máxima apariencia de normalidad durante el resto del viaje. ¿Se da cuenta de que si cancelamos la aparición de la señorita Kilbride, además de decepcionar a los pasajeros que tienen previsto asistir, estaríamos proclamando que es sospechosa del robo y asesinato en la suite de lady Haywood? ¿Es eso lo que más nos conviene?

—Es gemóloga, ¿verdad?

—Así es.

—Entonces hablará de joyas. ¿Se le ha ocurrido pensar que la mayoría de los asistentes estarán enterados de que está siendo investigada por su participación en una estafa?

—Imagino que lo sabrán. Sin embargo, en esencia, como nosotros sabemos que se ha cometido un homicidio a bordo y el agente de la Interpol no la ha mencionado de manera explícita, estaríamos insinuando que creemos que está involucrada. Las repercusiones podrían ser muy desagradables. Si resulta ser inocente podría demandarlo por difamación. Le recomiendo encarecidamente que no cancele la presentación programada.

Morrison reflexionó unos instantes.

—De acuerdo, si está en el escenario durante una hora, al menos sabremos que no está en la suite de alguna otra anciana matándola y robando más joyas. Déjelo todo tal cual. Yo mismo iré a escucharla.

65

A las tres y veinte Celia ya estaba en el auditorio, oculta entre bastidores. Apartó un poco el telón y comprobó que el salón estaba casi lleno. Alvirah y Willy Meehan, Ted Cavanaugh, Devon Michaelson y Anna DeMille se habían sentado en primera fila. Junto a ellos vio a un hombre al que reconoció como Gregory Morrison, el propietario del *Queen Charlotte*. ¿Por qué habrá venido?, se preguntó, con la boca seca de pronto.

Cruzó por su mente el recuerdo de que el día anterior lady Emily estaba también en primera fila. De forma involuntaria, su mano apretó el bolsillo en el que ocultaba el voluminoso collar.

Oyó que Anthony Breidenbach, el director de animación, anunciaba su nombre. Intentando sonreír, salió al escenario y estrechó su mano.

—Celia Kilbride es una prestigiosa gemóloga de Carruthers, en Nueva York. Su pericia en la tasación de piedras preciosas, así como su conocimiento de su historia, nos ha fascinado en sus anteriores conferencias. Lo de hoy es un poco distinto. Celia contestará a mis preguntas y, más tarde, a las del público.

Se dirigieron a las butacas situadas una frente a otra y tomaron asiento.

—Celia, mi primera pregunta trata sobre las piedras de nacimiento y lo que simbolizan. Empecemos por el ámbar.

—El ámbar es una piedra relacionada astrológicamente con el signo zodiacal de Tauro. Los médicos de la antigüedad la prescribían para prevenir dolores de cabeza, problemas cardíacos y otros muchos trastornos. Los egipcios colocaban un trozo de ámbar junto a sus muertos para asegurarse de que el cuerpo se mantuviese íntegro —contestó Celia, más cómoda ahora que pisaba un terreno familiar.

—¿Y la aguamarina?

—Se trata de la piedra de marzo y corresponde a Piscis. Se cree que aporta alegría y felicidad, así como armonía en la vida matrimonial. Los antiguos griegos la consagraban al dios Poseidón. Es una piedra fantástica para llevar en vacaciones y cruceros.

—Hablemos de algunas de las piedras más caras —continuó Breidenbach—. ¿Qué puede contarnos del diamante?

—El diamante es la piedra de abril y corresponde a Aries —explicó Celia con una sonrisa—. Se considera que proporciona pureza, armonía, amor y abundancia. Las personas lo bastante afortunadas como para poder comprar uno creían que las protegía de la peste.

—¿Y la esmeralda?

—Es también una piedra de Tauro, de mayo. Se supone que garantiza el amor y atrae la riqueza. Durante el Renacimiento, los aristócratas intercambiaban esmeraldas como símbolo de amistad. Es la piedra sagrada de la diosa Venus.

—Háblenos ahora del oro.

—No ocupa un lugar propio en el calendario astrológico. Está íntimamente relacionado con la divinidad y los dioses asociados con el sol. Es un símbolo de buena salud. Se creía que los pendientes de oro fortalecían la vista. Además, los marineros y pescadores lo utilizaban para prevenir el ahogamiento.

En cuanto acabó de pronunciar esa frase, Celia pensó en

Roger Pearson. Si el director de animación tuvo el mismo pensamiento, lo disimuló muy bien.

—Bien, ahora es el turno del público —anunció Breidenbach—. Levanten la mano si tienen alguna pregunta. Mi ayudante les llevará el micrófono.

A Celia le inquietaba la posibilidad de que la primera pregunta hiciese referencia al collar de Cleopatra. Sin embargo, la formuló una mujer que preguntó por el collar de esmeraldas y diamantes que sir Alexander Korda había comprado para la actriz Merle Oberon en 1939.

—Era un collar magnífico —respondió Celia—. Tenía veintinueve esmeraldas. Se cree que son las mismas piedras que adornaron a los marajás reales de la India en el siglo xv, puesto que tenían la misma forma y tamaño.

Al menos una docena de manos se alzaron en cuanto terminó de hablar. Las preguntas se sucedieron rápidamente.

—¿Cuál es la historia del diamante Hope?

—¿Qué puede decirme de las joyas de la Corona británica?

—¿Es cierto que la tradición de regalar anillos de compromiso de diamantes fue el resultado de una exitosa campaña de marketing de la firma De Beers en los años treinta?

—¿Es verdad que el anillo que le robaron a Kim Kardashian valía cuatro millones de dólares? —planteó alguien entre las carcajadas del público.

La sesión estaba a punto de concluir cuando alguien preguntó por el collar de Cleopatra.

—¿Es cierto que lo han robado y que han asesinado a lady Haywood?

—Ignoro por completo si han robado el collar —contestó Celia—. Y no tengo motivo alguno para creer el rumor que afirma que la muerte de lady Haywood no se produjo por causas naturales.

Un punto a su favor, pensó Morrison. Se sintió aliviado. Había tomado la decisión correcta al permitir que la presentación de Kilbride siguiera adelante. Pero entonces llegaron las últimas preguntas.

—Señorita Kilbride, muchos de nosotros, incluyéndola a usted, asistimos al cóctel del capitán y a la posterior cena. Todos vimos a lady Emily luciendo el collar de Cleopatra. A pesar de los rumores que afirman que lo han robado, los responsables del barco insisten en que no ha sido así. ¿Puede confirmárnoslo?

—Ningún responsable del barco se ha puesto en contacto conmigo para hablar del collar —repuso Celia, incómoda.

—¿No tenía ese collar una maldición que decía que quien lo llevara al mar no alcanzaría vivo la orilla?

Celia solo podía pensar en Lady Em bromeando sobre la maldición.

—Sí. Según la leyenda, hay una maldición así asociada con el collar.

—Gracias, Celia Kilbride, y gracias a todo nuestro público —dijo Breidenbach.

Se levantó para recibir los aplausos de los asistentes.

66

Yvonne, Valerie Conrad y Dana Terrace también habían asistido a la conferencia de Celia. Cuando terminó, bajaron al bar Edwardian para tomar un cóctel. Yvonne les había explicado a sus amigas que no soportaba estar a solas en su suite.

—Veo a Roger cada momento que pasó allí dentro —dijo con voz temblorosa y triste—, y vuelvo a revivir aquel momento terrible en que se inclinó hacia atrás, levantó los brazos y cayó al vacío. Yo estaba en la puerta del balcón y le advertí: «Roger, no te sientes en la barandilla. Te caerás por la borda». Él se echó a reír y me respondió: «No te preocupes, soy buen nadador».

Yvonne logró exprimir una lágrima de su ojo derecho.

Valerie y Dana se mostraron compasivas.

—Debió de ser espantoso para ti —comentó Valerie.

—No puedo imaginarme nada tan horrible —añadió Dana.

—Tendré que vivir con ese recuerdo cada día de mi vida —se lamentó Yvonne.

—¿Has pensado en el funeral o en un acto de despedida? —preguntó Dana.

—Apenas he podido pensar con claridad —confesó Yvonne—, pero organizaré un funeral, desde luego. Creo que lo más adecuado, dadas las circunstancias, sería hacerlo dentro de dos semanas.

Para entonces ya debería haber cobrado el dinero del seguro, pensó Yvonne.

—Supongo que habréis oído lo de la ceremonia en la que un hombre esparció las cenizas de su esposa —siguió Dana.

—Al menos él pudo tirar unas cenizas —respondió la desconsolada viuda.

—Yvonne, esperamos que te recuperes. —Valerie palmeó con suavidad la mano de su amiga—. ¿Roger tenía seguro de vida?

—Sí, gracias a Dios. Tenía una póliza de cinco millones de dólares. Aunque, por supuesto, tenemos otros activos, acciones y bonos.

—Mejor, porque estoy convencida de que la compañía de seguros no te pagará enseguida, a no ser que recuperen el cuerpo.

No había pensado en ese posible retraso. Agradeció en silencio que hubiesen asesinado a Lady Em antes de que pudiera encargar una revisión externa de sus finanzas.

—Sé que es demasiado pronto para decir esto —intervino Valerie—, pero tienes que mirar hacia delante. Eres atractiva. Eres joven. No tienes hijos ni otras cargas. Serás una viuda rica. Siento lo del pobre Roger, pero todo tiene un lado positivo. Si te hubieras divorciado, habríais tenido que dividir vuestras posesiones. Así te lo quedas todo.

—Vaya, no lo había visto de ese modo —murmuró Yvonne, sacudiendo la cabeza.

—Nosotras te buscaremos al hombre adecuado —prometió Dana.

Tras arreglar el futuro de Yvonne mientras daban buena cuenta de su segundo cóctel, comenzaron a hablar de Celia Kilbride.

—La conferencia ha sido muy interesante —reconoció Yvonne.

—Desde luego, esa chica no tiene pinta de ir por ahí asfixiando ancianas —observó Valerie—. Tú estuviste sentada con ella en la misma mesa, Yvonne. ¿Qué impresión te causó?

—Era muy callada, aunque supongo que debe de tener muchas preocupaciones. No me gustaría que me interrogase el FBI.

Y eso es lo que ocurriría si Lady Em siguiera viva, pensó. Puede que Roger incluyese mi nombre en algunos de los documentos que utilizó para ocultar el robo. Si Celia ha matado a Lady Em, que Dios la bendiga.

—Si tuviese el collar, ¿qué haría con él? —preguntó Dana—. En fin, tiene un valor incalculable, pero a menos que se lo venda a un príncipe saudí, no sé quién iba a comprarlo.

—Me imagino que desmontaría la pieza y vendería las esmeraldas una a una —intervino Valerie—. Sacaría una fortuna. No olvidéis que conoce el negocio, así que debe de tener muchos contactos dispuestos a comprar sin cuestionar el origen.

Unos segundos después centraron la conversación en Ted Cavanaugh. Las tres coincidieron en que era guapísimo.

—¿Os disteis cuenta de que trataba de acercarse a Lady Em? La primera noche, cuando la dama se sentó a una mesa, él se abalanzó para ocupar la de al lado —comentó Yvonne bajando la voz—. Yo estaba sentada junto a ella y me di cuenta de que estuvo a punto de tirar a unas personas al suelo con tal de hacerse con la mesa de nuestra izquierda. Él se sentó con los ganadores de la lotería, Devon Michaelson, ese desconsolado viudo que ya debía de tener una amiga antes de la muerte de su esposa, y la señora de la iglesia, la del Medio Oeste...

—¿Qué me decís del tipo de Shakespeare? —preguntó Dana.

—¿Ese que no para de subir y bajar las cejas? —sugirió Valerie mientras imitaba su gesto.

—El mismo. Yo diría que no parece el tipo de persona capaz de matar a nadie.

—No, pero no cabe duda de que le gusta hablar de asesinatos —insistió Yvonne, y añadió con voz grave—: «Fuera, mancha maldita, fuera digo. ¿Podrá toda el agua del océano lavar esta sangre de mis manos?». O algo así.

Dana y Valerie soltaron un torrente de carcajadas.

—Eres una lady Macbeth fantástica —reconoció Dana—. Bueno, ¿quién se atreve con otro cóctel Manhattan?

—Cuenta conmigo —convino Valerie, y llamó al camarero con un gesto.

67

Ted Cavanaugh, que había asistido a la charla sobre joyas, estaba impresionado ante las habilidades comunicativas demostradas por Celia mientras contestaba a todas las preguntas que le lanzaban. Una vez más, fue muy consciente de que era una mujer hermosa. Y admiró su aplomo al responder a las cuestiones sobre la muerte de Lady Em.

Todo el mundo tiene que conocer el artículo de *People* en el que su antiguo prometido la acusa de ser su cómplice, pensó Ted.

Cuando terminó el acto, parte del público aguardó paciente para hablar con ella. Cuando la última persona se hubo marchado, Ted se puso en pie y detuvo a Celia cerca de la puerta. Se habían saludado en la fiesta, pero eso era todo.

—Confío en que me recuerdes del cóctel del capitán. Ted Cavanaugh —se presentó, tendiéndole la mano—. Debes de tener la garganta seca después de tanto hablar. ¿Por qué no nos tomamos una copa de vino o un cóctel?

El primer impulso de Celia fue rehusar la invitación, pero vaciló. No le apetecía nada quedarse sola con el constante peso de sus pensamientos. Y el del collar, añadió para sí.

—Estaría muy bien —contestó.

—El bar Regency está cerca. ¿Probamos allí?

—Me parece estupendo.

Minutos más tarde, el camarero colocaba sus bebidas en la mesa. Chardonnay para ella, vodka con hielo para él.

Ted se había propuesto evitar el tema de la muerte de Lady Em o el collar de Cleopatra, así que dirigió la conversación hacia otros derroteros.

—Debes de haber estudiado mucho para ser una gemóloga tan experta. ¿Acudiste a alguna facultad especializada?

Era una pregunta fácil sobre un tema seguro.

—Me marché a Inglaterra al salir de la universidad para estudiar en el Instituto Gemológico Británico. Pero, como decía uno de los profesores, «se necesita toda una vida para convertirse en maestro».

—¿Cómo te interesaste por esa especialidad?

A Ted no se le escapó la expresión turbada de Celia. La joven recordaba haber mantenido una conversación similar con el profesor Longworth pocos días atrás. El especialista en Shakespeare le había preguntado cómo empezó en el negocio de la joyería. ¿De verdad solo habían transcurrido unos pocos días? Recordó que se había sentido incómoda entonces, aunque, por algún motivo, no lo estaba hablando con Ted Cavanaugh.

—Mi padre era gemólogo. De pequeña me encantaba ponerles joyas a mis muñecas. Falsas, claro está. Él me enseñó a distinguir las imitaciones de las piezas de calidad y a utilizar una lupa. —Y añadió, mirándole directamente—: Murió hace dos años. Me dejó doscientos cincuenta mil dólares, que perdí en una estafa.

—Leí en los periódicos lo que te pasó —admitió Ted.

—Entonces ya sabrás que muchas personas piensan que participé en el fraude y ayudé a quitarles el dinero que tanto les había costado ganar.

—He leído las declaraciones de tu antiguo prometido a la revista *People*.

—¡Todo es mentira! —exclamó Celia, indignada.

Ted reflexionó antes de responder.

—Si te sirve de consuelo, soy incapaz de imaginarte como una ladrona. O una asesina.

¿Por qué digo semejante cosa?, se preguntó. Porque es verdad, decidió.

—No puedo entender por qué me hace esto.

—Creo que el motivo principal y más evidente es que pretende vengarse porque no le apoyaste. El secundario, también evidente, es que quiere mejorar su situación con la fiscalía. En el artículo confiesa más o menos su delito, pero solo porque sabe que ya tienen pruebas suficientes para condenarlo. Les está diciendo que tú estuviste implicada y que cooperará con ellos en tu contra. Creo que se trata de eso.

—Pero yo también fui una víctima —protestó Celia.

—Ya lo sé, ya lo sé.

Ted volvió a un tema seguro.

—Has dicho que tu padre era gemólogo y que murió hace dos años. ¿Y tu madre?

—Falleció cuando yo era muy pequeña.

—¿Tienes hermanos?

—No. Mi padre no volvió a casarse. ¿Puedes creerte que estoy enfadada con él por no haberlo hecho? Me encantaría tener hermanos.

Ted pensó en su propia familia. Sus padres seguían estando en muy buena forma, y tanto ellos como sus dos hermanos eran una presencia frecuente en su vida.

—Pero tendrás muchos y buenos amigos, ¿no?

Celia negó con la cabeza.

—Los tenía. Me temo que he perdido a varios amigos de toda la vida, los que invirtieron en el fondo de Steven.

—No te culparán, ¿verdad?

—Les presenté a Steven, que tiene mucha labia. Lo que pasó no les sentó nada bien. Mis amigos no eran ricos, y perder ese dinero les perjudicó mucho.

Tú también saliste perjudicada, pensó Ted, pero no dijo nada. Se apoyó en el respaldo de su asiento, dio un sorbo de su vodka y miró a Celia. Estaba completamente seguro de que era inocente del asesinato de Lady Em y no era una ladrona. Tiene una mirada muy triste, decidió. Ha sufrido mucho.

68

Brenda, que había asistido a la presentación de Celia, tuvo que reconocer que la joven sabía mucho de gemas. Lady Em y ella se habían hecho amigas, pensó. No me extrañaría que le hubiese pedido que examinase minuciosamente la pulsera «de pícnic». Sin embargo, aunque así fuera, sería su palabra contra la mía, se tranquilizó. Y ahora que su prometido la ha implicado en un delito, seguro que nadie creerá ni una palabra de lo que diga.

Ralphie le había enviado un correo electrónico para expresarle su pesar por el fallecimiento de Lady Em. Había tenido la prudencia de no mencionar las joyas de la dama.

Subió las escaleras repartiendo sonrisas entre los conocidos. Muchos de ellos le habían dado el pésame al saber que había sido la asistente de Lady Em durante muchos años. Cuando llegó a su habitación, se dirigió directa al teléfono y llamó a Ralph.

—No digas demasiado —empezó en cuanto él descolgó—. Nunca se sabe si graban estas conversaciones.

—Comprendo —respondió él—. ¿Cómo estás, cariño?

Brenda se ruborizó. Después de tantos años, era muy agradable que la llamaran «cariño». Ni su propia madre solía decirle palabras tiernas.

—Estoy bien, cielo —dijo—, aunque, claro está, me siento

desconsolada por la muerte de Lady Em. Pero ahora ya no tendré que estar a su disposición. Así que, si aún quieres casarte conmigo, llegaré a casa este domingo.

—Por supuesto, te estaré esperando —confirmó Ralph—. Quiero casarme contigo desde el día en que nos conocimos. Te prometo que, ahora que Lady Em ha muerto, las cosas van a ser muy distintas.

—Sí, desde luego —convino ella—. Tu florecilla se despide por ahora, mi Ralphie. Besos.

Colgó el teléfono con una sonrisa. Me pregunto cuánto tardaré en recibir los trescientos mil dólares del testamento. Ya me podría haber dejado medio millón de pavos, o incluso un millón, pensó. Me lo merezco.

Satisfecha, cogió el libro que quería empezar a leer desde hacía días. Abrió la puerta del balcón, pero hacía demasiado viento para salir. Estaba deseando que ese viaje terminara para poder regresar a Nueva York.

Pudo sentir los brazos de Ralphie alrededor de su cuerpo mientras empezaba a leer los tiernos pasajes del periplo de Jane Eyre de tragedia en tragedia hasta su reconciliación con el señor Rochester. Me recuerda a Ralphie, pensó mientras en su mente evolucionaba la imagen de la imponente figura del amado de Jane Eyre. Se arrellanó en la butaca y reanudó su lectura.

69

Devon Michaelson acudió a la sesión con Celia y el director de animación, pero escuchó solo a medias tanto las preguntas como las respuestas. Seguía furioso por su entrevista con Gregory Morrison y por su odiosa llamada telefónica posterior.

—Es de la Interpol, ¿verdad? —preguntó el armador.

—Así es.

—Y está en este barco específicamente para proteger el collar de Cleopatra, ¿no?

—Es cierto.

—Pues ha hecho una chapuza. Han matado a nuestra pasajera más importante y han robado el collar. Y es evidente que no ha hecho ningún progreso para encontrar al Hombre de las Mil Caras. Se ha pasado el tiempo arrojando cenizas por la borda de mi barco. Si fuese un empleado mío, lo despediría en el acto.

—Por fortuna —respondió Devon Michaelson—, no estoy a su servicio. Trabajo para la mejor agencia internacional de detectives del planeta. Y, por cierto, jamás me plantearía la posibilidad de trabajar para usted ni por todo el oro del mundo.

Cuando finalizó la presentación sobre joyas, Devon se entretuvo cerca de la puerta el tiempo suficiente para ver que Celia se marchaba con Ted Cavanaugh. ¿Un romance en ciernes?, se preguntó. A mí me da igual. Quedan menos de dos días para que termine el crucero. Pienso encontrar ese collar antes de que lleguemos a Southampton y se lo haré tragar a Morrison, decidió.

70

El profesor Henry Longworth no tenía previsto asistir a la tercera presentación de Celia, pero cambió de opinión tras finalizar su conferencia y comer algo. Llegó al auditorio minutos antes de que comenzara y se quedó en el fondo de la sala.

Se apretó contra la pared cuando vio entrar a Brenda. Lo último que le apetecía era verse sometido a sus fastidiosos comentarios durante la charla sobre joyas. Esperó a que se hubiese sentado antes de rodearla y acomodarse tan lejos como le resultó posible.

Después echó un vistazo a su alrededor. Muy a su pesar, comprobó que Celia tenía casi el doble de público que él. Ella habla de joyas, vulgares chucherías, pensó. ¡Yo hablo del Bardo, el mejor escritor que ha conocido el mundo!

¿Celoso? Admito que lo estoy, se dijo. No obstante, es una joven bastante agradable. ¿Será la pobre Cordelia, acusada en falso e incomprendida, o será lady Macbeth, una fría asesina envuelta en encantadora feminidad?, caviló.

Tratar de averiguar quién pensaba la gente que asesinó a Lady Em se estaba convirtiendo en su pasatiempo favorito.

Al final de la conferencia estaba seguro de que nadie sospechaba de ella. Entonces ¿en quién estaría pensando la gente?

Miró a su alrededor. ¿Y Brenda Martin? Allí estaba, sentada cinco filas delante de él y bastante lejos, a la izquierda. Recordó que se había levantado bruscamente de la mesa cuando el capitán les comunicó que lady Haywood había muerto mientras dormía. Sin embargo, regresó pocos minutos después. Era evidente que lo que debería haber sido una noticia angustiosa, la muerte de su jefa, no había afectado a su apetito. Para decepción de Henry, Brenda no comentó lo que ocurrió al llegar a la suite. Por supuesto, a esas alturas todos los sitios web de noticias especulaban con la posibilidad de que hubieran asesinado a Lady Em y robado su famoso collar.

Se volvió hacia Brenda sin darse cuenta y se encontró con su mirada. Me encantaría leer tu mente. Me pregunto qué encontraría en ella. «El rostro falso debe ocultar lo que sabe el corazón falso.»

Cuando acabó la charla, se levantó con los demás, esperó a que Brenda abandonara el auditorio y salió con aire despreocupado junto a las pocas personas que quedaban en la sala. No sentía ninguna necesidad de compañía y se fue directamente a su suite. Allí abrió el mueble bar y se sirvió un martini seco. Con un suspiro de satisfacción, se instaló en su butaca, apoyó los pies en un cojín y comenzó a beber.

Puede que este viaje sea absurdo, meditó, pero aun así, ofrece todas las lujosas instalaciones que prometían. Y un asesinato a bordo constituye un interesante giro de la trama. Empezó a reírse.

71

Celia se dirigió a su habitación tras despedirse de Ted Cavanaugh. Lo había pasado muy bien con él, pero no quería darle muchas vueltas. Estaba desesperada por saber qué opinaba la gente de ella.

Había visto a Yvonne y a sus dos amigas entre el público. No podía ni imaginarse lo mal que lo estaría pasando Yvonne. Espero que mi presentación la haya distraído durante un rato, pensó. Acababa de llegar a la suite cuando sonó el teléfono. Confiaba en que fuese Alvirah y se alegró de oír su voz.

—Tu charla ha sido maravillosa —exclamó Alvirah—. El otro día estuviste estupenda, pero hoy has estado aún mejor.

Debía admitir que su cumplido hacía que se sintiera mucho mejor.

—He pensado mucho en tu situación —continuó su nueva amiga—. Me gustaría visitarte en tu habitación.

—Me vendría muy bien. Ven cuando quieras.

Estaba tan acostumbrada a ver a Alvirah y Willy juntos que fue una sorpresa encontrarla ante su puerta.

—¿Seguro que no molesto? —le preguntó inquieta en cuanto entró—. Quizá estés cansada después de tu presentación.

—Con franqueza, me alegro de contar con tu compañía. Cuando estoy sola tengo demasiado tiempo para pensar.

—Ya me siento mejor. —Alvirah se sentó en el sofá—. Willy y yo sabemos que tú jamás le habrías hecho daño a lady Emily ni le habrías robado su collar.

—Gracias —murmuró Celia.

¿Lo hago?, se preguntó a sí misma. Decidió que la respuesta era afirmativa.

Se metió la mano en el bolsillo y sacó el collar de Cleopatra.

—No lo robé —aseguró al ver la expresión conmocionada de Alvirah—. Lady Em me lo entregó. Deja que te explique lo que pasó. Anoche, nada más volver a mi suite, Lady Em me telefoneó y me pidió que fuese a verla. Me dijo que llevara mi lupa, el monóculo que utilizo para examinar las joyas. Cuando llegué, me dio una pulsera y me pidió mi opinión acerca de su valor. Me resultó fácil ver que estaba compuesta por diamantes de calidad inferior. Apenas valían nada. Cuando se lo dije, se entristeció mucho. Me dijo que creía que Brenda, su asistente, había estado cambiando sus joyas buenas por imitaciones baratas.

»"Pero Brenda lleva con usted veinte años", repliqué. Lady Em me dijo que estaba muy segura de lo que decía, y que su empleada pareció muy incómoda cuando le comentó que esa pieza estaba rara. Luego añadió que se sentía muy decepcionada, porque siempre había sido muy amable y generosa con ella.

—¡Qué triste! —se lamentó Alvirah.

—Eso no es todo —continuó Celia—. Lady Em me contó también que estaba convencida de que Roger Pearson la engañaba. Al parecer, le había dicho el día anterior que tenía previsto encargar a una firma de contabilidad externa una revisión de sus cuentas, y le dio la sensación de que él se angustió mucho.

—Puedo entenderlo. La otra noche, cuando pasábamos por delante de su suite, Willy y yo oímos cómo le gritaba a

Yvonne. Le decía que podía ir a la cárcel durante veinte años.

—Alvirah, ¿qué hago con el collar? Lady Em me dijo que había decidido hacer lo que le pedía Ted Cavanaugh. Pensaba entregarlo a sus abogados cuando regresara a Nueva York para que se lo enviaran a Ted. Al parecer, durante el cóctel el capitán le aconsejó que se lo diera para guardarlo en su caja fuerte privada. Anoche Lady Em me lo entregó a mí y me pidió que se lo llevara al capitán esta mañana. —Celia sacudió la cabeza—. Tenía tanto miedo de decir que lo tenía yo... Con lo del fondo de inversión, seguro que ya hay muchas personas que piensan que soy una ladrona. No les costará nada creer que maté a Lady Em y robé el collar.

—Tienes razón —convino Alvirah—, pero no puedes ir por ahí con él en el bolsillo. Y tendrás problemas si alguien lo encuentra en tu suite.

—A eso me refiero. —Suspiró—. Me meteré en líos si admito que lo tengo y también si lo conservo en mi poder.

—¿Quieres que lo guarde yo? Se lo daré a Willy. Que sea él quien lo lleve de un lado para otro. Con él estará seguro, puedo garantizártelo.

—Pero ¿qué pasará cuando lleguemos a Southampton? ¿Qué haréis Willy y tú entonces con él?

—Tengo algo de tiempo para encontrar una solución —comentó Alvirah en tono sombrío—. Me tienen por una buena detective. Veamos si puedo resolver este caso antes de llegar a puerto.

Aliviada, Celia cogió el collar y se lo entregó a su amiga.

—Es precioso —comentó Alvirah, que se lo guardó en el bolso.

—Desde luego. Creo que es la joya más bonita que he visto en mi vida.

—¿Debería preocuparme por la maldición de Cleopatra? —preguntó al cabo de unos instantes, con una sonrisa en los labios.

—No —respondió Celia, sonriendo a su vez—. La maldición dice: «El que lleve este collar al mar no vivirá para alcanzar la orilla». Y, si la maldición era real, la pobre Lady Em fue la víctima.

Mientras hablaba, su mente recuperó el recuerdo del rostro perturbado y triste de Lady Em cuando le dijo que las personas en quienes más confiaba, Brenda y Roger, la habían estado engañando.

72

Raymond Broad, el mayordomo de Lady Em a bordo, estaba convencido de que tarde o temprano se sabría que había sido él quien había enviado a la web de cotilleos *PMT* la información acerca del asesinato de la aristócrata y el collar robado. Para su sorpresa, tras su declaración original, en la que afirmó haber hallado a Lady Em muerta en la cama, nadie lo había interrogado. El jefe de seguridad lo llamó para advertirle de que no hablara con nadie sobre lo que había visto en la suite. Sin embargo, ahora parecían culpar de la filtración a un misterioso ladrón de joyas que supuestamente viajaba en el barco.

Recordó el momento en que entró en la habitación y se percató de que la señora estaba muerta. A pocos metros de la cama, la caja fuerte empotrada se encontraba abierta y había joyas tiradas por el suelo. Lamentó no haber obedecido a su primer impulso de coger parte de las gemas, quizá todas. Todo el mundo, incluido el capitán, habría dado por sentado que las había robado la misma persona que mató a la anciana y abrió la caja. Él habría podido esconderlas en el carrito del desayuno, que retiró cuando el doctor Blake le dio permiso para marcharse.

Pero ¿y si hubieran sospechado de él? ¿Lo habrían registrado? ¿Habrían buscado en el carrito? Lleno de rabia, cayó en la cuenta de que, si se hubiera limitado a cerrar la puerta de la caja fuerte, nadie habría pensado en un robo. Podría haberse llevado las joyas y nadie se lo habría imaginado.

Su otro motivo de pesar era que Lady Em tenía fama de dar enormes propinas. Así que, lo mire por donde lo mire, salgo perdiendo, decidió.

Después de precintar la puerta de la suite de Lady Em le habían asignado a los camarotes del profesor Longworth y Brenda Martin. No le caían demasiado bien. El profesor apenas le dirigía la palabra cuando estaba en la habitación, y ella no hacía más que pedir una cosa tras otra.

Broad recibió una llamada de su contacto en *PMT* confirmándole el pago por el aviso sobre lo ocurrido con Lady Em y pidiéndole que no dudara en informarles al instante de cualquier novedad que se produjera en relación con el asesinato y el robo. Raymond accedió de buena gana, aunque era consciente de que era improbable que descubriera ningún dato nuevo antes de que el *Queen Charlotte* llegara a Southampton.

Sonó el teléfono en su pequeña cocina. Era Brenda Martin. Pidió que le sirvieran el té de la tarde en su suite. No hizo falta que añadiera que quería los minúsculos sándwiches y pastas que siempre lo acompañaban. No va a dejar ni las migas, pensó Raymond.

73

El Hombre de las Mil Caras había reducido el número de sospechosos con opciones de haber cogido el collar a uno solo: Brenda Martin. La asistente tenía llave de la suite de su jefa, por lo que sería natural que hubiese entrado para ver cómo estaba lady Haywood. Era evidente que no se encontraba bien cuando abandonó la mesa después de cenar.

Mientras se enderezaba la corbata y se dirigía al comedor, se preguntó qué le diría a Brenda si se cruzaba con ella. Sentía tentaciones de decirle: «Que aproveche. Es muy posible que sea tu última cena».

74

Roger no se dio cuenta de que había dejado de agitar los brazos. No oyó la voz que gritaba: «¡Agárralo, se está hundiendo!». No notó las manos que lo sujetaban por las axilas. No fue consciente de que lo sacaban del agua y apoyaban su cuerpo en algo sólido.

No sintió que le echaban una manta por encima. No percibió el sonido de un motor que empezaba a rugir ni fue consciente de que lo alzaban y lo pasaban por encima de una barandilla. En su mente, empezaba a hundirse. Las olas que rompían sobre su cabeza le impedían respirar.

Apenas oyó al médico del barco.

—Llévenlo a la enfermería. Tenemos que calentarlo.

Con esas palabras reconfortantes, Roger se durmió.

75

Tras dejar a Celia, Alvirah sujetó con fuerza su bolso de regreso a su habitación. Willy la miraba expectante. Le sorprendió que su mujer, antes de saludarle siquiera, se diera la vuelta y cerrara con pestillo la puerta de la suite.

—¿Qué pasa? —preguntó.

—Deja que te enseñe lo que pasa —susurró ella—. Y baja la voz.

Abrió el bolso, metió la mano y sacó el collar de Cleopatra.

—¿Es lo que yo creo que es?

Cogió el collar de tres vueltas de la mano de su esposa.

—En efecto.

—¿De dónde lo has sacado?

—Me lo ha dado Celia.

—¿Cómo lo ha conseguido? No me digas que fue ella quien asfixió a esa pobre anciana.

—Willy, sabes tan bien como yo que Celia Kilbride no es una asesina ni una ladrona. Esto es lo que ocurrió.

Sin levantar la voz, le contó todo lo que la joven le había explicado.

—Entenderás lo asustada que está —dijo para terminar—. Estaba convencida de que, si la gente se enteraba de que ella tenía el collar, nunca creerían que Lady Em se lo dio.

—Lo comprendo —convino él—. Bueno, ¿qué hacemos

ahora? No quiero que nadie se entere de que lo tienes tú y acabe matándote.

—Tienes razón, y por eso tienes que quedártelo tú y llevarlo encima en todo momento. Estará más seguro así.

—Pero ¿qué hacemos con él cuando salgamos del barco?

—Celia me ha dicho que Lady Em tenía previsto entregárselo a Ted Cavanaugh porque estaba de acuerdo con él en que pertenecía al pueblo de Egipto.

—Pues espero que no me cacheen —comentó Willy sin darle importancia.

Se puso en pie y deslizó el collar en el bolsillo de sus pantalones, donde formó un bulto muy visible. Alvirah vio su expresión consternada.

—Nadie se dará cuenta si llevas la chaqueta puesta.

—Eso espero. —Tras una pausa, Willy preguntó—: Vale, ¿qué hacemos ahora?

—Sabes que soy buena detective.

Él pareció alarmarse.

—No me digas que vas a tratar de resolver este misterio. No olvides que te enfrentas a un asesino o asesina que no ha conseguido lo que quería.

—Lo entiendo. Pero, si lo piensas, Lady Em le contó a Celia que estaba segura de que Roger Pearson y Brenda la estaban engañando. ¿No es horrible?

—La otra noche oímos a Roger e Yvonne peleándose como hienas. ¡Menuda coincidencia que Roger muriese menos de veinticuatro horas después!

—Tienes razón. Y Lady Em falleció pocas horas después de decirle a Celia que Brenda había estado cambiando sus joyas por piezas de mala calidad. ¿Sabes? Me pregunto si Roger Pearson se cayó por la borda o si recibió un poco de ayuda por parte de Yvonne.

—No creerás que ella lo empujó, ¿verdad? —preguntó Willy con expresión incrédula.

—No lo afirmo, solo lo estoy pensando. Tú mismo viste que esos dos no se llevaban nada bien. Ella ha asistido hoy a la conferencia de Celia con un par de amigas. Desde luego, no me ha parecido una viuda apenada. Y no olvidemos que, ahora que Lady Em y Roger están muertos, nadie se cuestionará cómo gestionaba él sus finanzas. Y esa es una excelente noticia para Yvonne.

Se miraron durante unos instantes, hasta que Willy rompió el silencio.

—¿Crees que Yvonne podría haber matado también a Lady Em?

—No me extrañaría.

—Pero ¿y ese rumor acerca de un ladrón de joyas, el Hombre de las Mil Caras?

—No lo sé. No sé qué pensar —reconoció Alvirah, absorta en sus pensamientos.

76

Uno tras otro, los pasajeros fueron llegando para la cena de gala. El profesor Longworth, Yvonne, Celia y Brenda estaban juntos en una mesa. En la contigua se sentaban Alvirah y Willy, Devon Michaelson, Ted Cavanaugh y Anna DeMille. En ambas, la escasa conversación resultaba forzada.

—La acupuntura es maravillosa —le decía Alvirah a Cavanaugh—. No sé qué haría sin ella. A veces, cuando me duermo, sueño que tengo esas pequeñas agujas clavadas. Y siempre me despierto sintiéndome mejor.

—No me extraña —contestó Ted—. Mi madre tiene artritis en la cadera y se trata con acupuntura. Dice que la alivia muchísimo.

—¡Oh! ¿Su madre tiene artritis? —exclamó Alvirah—. ¿Es irlandesa?

—Su nombre de soltera era Maureen Byrnes. Y mi padre es medio irlandés.

—Se lo pregunto porque se cree que la artritis es una enfermedad propia de esas tierras —explicó Alvirah—. Tengo la teoría de que nuestros antepasados irlandeses pasaban mucho tiempo entre el frío y bajo la lluvia recogiendo turba para sus hogueras. La humedad se les metió en el ADN.

Ted se echó a reír. Alvirah le parecía una persona interesante y original.

A Anna DeMille no le gustaba quedarse fuera de una conversación durante mucho tiempo.

—He visto que ha ido a tomar una copa con Celia Kilbride después de su presentación —le dijo a Ted—. Creo que es muy buena conferenciante, ¿no le parece?

—Desde luego —respondió él en voz baja.

Willy escuchaba la conversación mientras su mano se dirigía inquieta al bolsillo en el que guardaba el collar de Cleopatra. Se alegraba de no tener que hablar de la acupuntura. Alvirah siempre lo estaba animando a probarla para combatir el dolor de espalda, y resultaba molesto saber que un tipo tan inteligente como Ted Cavanaugh tenía un familiar que recurría a ella.

Devon Michaelson, que escuchaba sin demasiado interés, vio a Gregory Morrison paseando por la sala, yendo de una mesa a otra. Seguramente le estará diciendo a todo el mundo que no hay ningún motivo de preocupación, pensó.

Acto seguido centró su atención en la mesa más cercana, donde solo había cuatro personas que conversaban incómodas. Ninguna parecía contenta de estar allí. Entonces se percató de que el armador se dirigía a la mesa de Longworth. Se enfureció al verlo tan cerca; tenía que admitir que no se le daba nada bien aceptar las críticas.

Devon aguzó el oído para enterarse de lo que decían, pero apenas pudo distinguir una palabra. Para colmo, Anna DeMille lo distrajo al colocar una mano sobre la suya.

—¿Te encuentras mejor hoy, querido Devon? —le preguntó con voz tierna.

Gregory Morrison se dio perfecta cuenta de que habían separado más las sillas para disimular la ausencia de dos personas en la mesa: lady Haywood y Roger Pearson, el imbécil que se había caído por la borda. Desde su punto de vista, su muerte no suponía una tragedia para la raza humana. Sin embargo, le pareció apropiado darle el pésame a su viuda, que no parecía demasiado afectada por la desaparición de su marido. Sabía reconocer las lágrimas de cocodrilo. Le tranquilizaba saber que su barco no podía considerarse responsable de la pérdida de alguien que había sido tan estúpido como para sentarse en la barandilla. Tras decirle unas palabras a Yvonne, apoyó la mano en el hombro de Brenda.

—Tengo entendido que fue la persona de confianza de lady Haywood durante veinte años.

Y me pregunto si la mataste, añadió en silencio, para sí.

A Brenda se le humedecieron los ojos.

—Fueron los mejores veinte años de mi vida —contestó—. Siempre la echaré de menos.

Lady Haywood debe de haberle dejado algún dinero, pensó Morrison. Me pregunto cuánto será.

—Señor Morrison —prosiguió Brenda—, además del desaparecido collar de Cleopatra, Lady Em trajo muchas joyas caras a este crucero. Me han dicho que, cuando la encontraron, estaban en el suelo, junto a su cama. ¿Están tomando medidas para evitar que les ocurra algo?

—Estoy seguro de que el capitán y nuestro jefe de seguridad están siguiendo todos los procedimientos adecuados.

El armador se apartó de la mesa. Vio que Devon Michaelson, el Dick Tracy de la Interpol, se encontraba en la mesa contigua y la rodeó. Desplegó su encanto en las otras mesas y luego volvió a su asiento, junto al capitán.

—Parece que todos han superado los desafortunados incidentes —le dijo a Fairfax.

Acto seguido, centró su atención en el salmón ahumado que lo aguardaba en su plato.

77

Aunque el profesor Longworth encontraba a Brenda aburrida, no le habría complacido saber que ella pensaba lo mismo de él. La mujer lo consideraba un auténtico idiota. Si esas cejas suben una vez más, le tiraré mi postre, pensó. Sin esperar a que eso sucediera, engulló a toda prisa el pastel de manzana caliente con helado de vainilla, vació su taza de café y se levantó. Estaba deseando hablar con Ralphie. Miró su reloj de pulsera. Ya son las ocho y media. Eso significa que son las cuatro y media o las cinco y media en Nueva York. Una buena hora para llamar.

Brenda tuvo una impresión extraña al entrar en su suite. Miró a su alrededor con atención, pero era evidente que no había nadie. Llamaré a Raymond para decirle que quiero otro trozo de pastel, decidió, y otra taza de café. Llamó y le ordenó que se lo llevara al cabo de diez minutos.

Luego colgó y marcó el número de Ralphie.

No tenía forma de saber que él había hecho las maletas y estaba a punto de marcharse. También ignoraba que acababa de transferir desde la cuenta conjunta de ambos hasta una a su propio nombre todo el dinero que tanto les había costado robar.

El teléfono sonó tres veces antes de que él lo cogiera.

—¡Diga! —exclamó con aire brusco y muy poco encantador.

—Ralphie, soy tu florecilla. —Intentó que su voz sonara como un arrullo.

—¡Ah, esperaba que fueras tú! —respondió él, adoptando un tono cálido y cariñoso.

—Te echo mucho de menos —Brenda suspiró—, pero estaré en casa dentro de tres días. Tengo una sorpresa para ti. Te la he comprado en la joyería de la planta principal.

—Estoy impaciente —le aseguró Ralphie con sinceridad—. Eso significa que yo también debería tener una sorpresa para ti.

—¡Eres un encanto! —exclamó entusiasmada—. Cuento las horas que faltan para que nos veamos. Adiós, mi querido Ralphie. Besos.

—Adiós, florecilla —se despidió Ralphie, y colgó el teléfono.

Bueno, ya me he despedido de la florecilla, pensó mientras cerraba su tercera maleta.

Consultó la hora. Había quedado con su nueva novia; no era exactamente nueva, pero al menos ya no tendrían que esconderse. A las diez de la noche cogerían el tren nocturno hasta Chicago. Antes de marcharse paseó su mirada por el apartamento. Muy cómodo, pensó. En cierto modo, detesto irme.

Soltó una carcajada.

Pobre Brenda. Si me denuncia, acabará en la celda de al lado.

El apartamento de Lulú estaba en el primer piso del mismo edificio. No era de su propiedad, sino que renovaba el alquiler mes a mes. Habían quedado en la Grand Central Station para que no los vieran salir juntos del edificio. Ralphie no sabía cuánto tiempo seguiría con Lulú. Sin embargo, de momento supondría un soplo de aire fresco después de cinco años con aquella bobalicona «florecilla».

78

Raymond Broad escuchó la voz de Brenda al teléfono cuando llegó ante la habitación.

—Adiós, mi querido Ralphie. Besos —la oyó decir cuando acercó la oreja a la puerta.

Acto seguido, la mujer lanzó varios sonoros besos.

Tiene novio, pensó el mayordomo. Jamás me lo habría imaginado.

Antes de llamar levantó la tapa para asegurarse de que habían enviado el pastel correcto desde la cocina. Brenda ya lo había regañado una vez por llevarle pastel de nueces pecanas, afirmando que tenía alergia a los frutos secos.

Tonterías, pensó, pero se dio cuenta de que habían cometido de nuevo el mismo error. Volvió sobre sus pasos a toda prisa para cambiar el bizcocho.

En su habitación, Brenda tuvo la extraña sensación de que algo iba mal. Y entonces sintió que le pasaban una tela por la cabeza y le apretaban algo en torno a la garganta. Al cabo de un instante la arrojaron en lo que le pareció un armario.

No te asustes, se advirtió a sí misma. Que no sepa que aún respiras. Concentró toda su fuerza de voluntad en contener el aliento hasta oír que la puerta del armario se cerraba. Luego empezó a inhalar y exhalar tan silenciosamente como podía hasta que, poco a poco, su respiración se normalizó. Aunque le habían apretado el cuello con algo muy tenso, había logrado deslizar un dedo en el interior, dejando su garganta lo bastante abierta como para respirar.

El Hombre de las Mil Caras estaba convencido de que nadie lo había visto recorrer el pasillo y entrar en la habitación. A toda prisa, vació el bolso de Brenda en el suelo y se precipitó hacia la caja fuerte. Aquí tampoco hay ningún collar, observó. A continuación, rebuscó en las maletas y el tocador.

—Habría jurado que lo tendría ella —rezongó mientras abría la puerta del camarote unos centímetros y comprobaba que el pasillo estaba despejado.

Caminó deprisa, pero tratando al mismo tiempo de aparentar tranquilidad, y cubrió con rapidez la distancia que lo separaba de su propia habitación.

Menos de dos minutos después, Raymond regresó al camarote de Brenda y llamó a la puerta. Como no oyó nada, abrió y entró. Se sorprendió al ver que no había nadie. Dejó el café y el postre sobre la mesa de centro. Pero entonces oyó el sonido de alguien gruñendo y pateando dentro del armario. Sin dar crédito a sus oídos, fue despacio hasta la puerta y la abrió. Descubrió a Brenda despatarrada en el suelo, con una mano en la cabeza, cubierta con una funda de almohada, y la otra en la garganta.

Raymond se dirigió a toda prisa hasta el tocador y cogió un par de tijeras. Volvió enseguida y se arrodilló junto a la mujer.

—Estoy aquí. Suelte la cuerda.

Deslizó el dedo por el lugar que antes ocupaba el de Brenda y pasó con cuidado una hoja de las tijeras entre el cuello y la cuerda. Un momento después la cuerda se partió. Utilizó entonces las tijeras para cortar la funda de almohada y se la retiró de la cara.

Brenda inspiró el aire vivificante. Raymond esperó unos

minutos, hasta que la mujer empezó a pasarse las manos por la garganta. La ayudó a incorporarse y a ponerse de pie.

—¿Por qué ha tardado tanto? —inquirió con voz entrecortada—. ¡Podría haber muerto asfixiada!

—Señorita Brenda, será mejor que se siente. Una taza de café la ayudará a calmarse.

Ella se dejó caer en una butaca y alargó la mano hacia el café.

Raymond cogió el teléfono y llamó al jefe de seguridad para comunicarle que se había producido un «incidente» en la habitación de la señorita Martin. Saunders prometió acudir enseguida en compañía del doctor Blake.

—¿Hay algo que pueda...? —le preguntó cuando regresó a su lado.

—Vaya a buscarme una toalla con unos cubitos de hielo —lo interrumpió—. Quiero envolverme el cuello con ella.

—Señorita, me parece que sería mejor que me quedara con usted hasta que...

—¡He dicho que me traiga una toalla fría!

—Enseguida —accedió Raymond, encantado de tener un motivo para abandonar la suite.

—¡Dígale al capitán que han intentado estrangularme y que insisto en recibir protección hasta que lleguemos a Southampton! —gritó antes de que Raymond cruzara la puerta.

Lástima que su querido Ralphie no esté por aquí, pensó el mayordomo mientras salía de puntillas. Se dirigió al almacén y cerró la puerta a sus espaldas.

—Otro intento de asesinato —murmuró en cuanto se estableció la comunicación—. En esta ocasión, la víctima ha sido la asistente personal de lady Haywood, Brenda Martin. El asesino ha tratado de estrangularla, pero ella ha logrado deslizar un dedo debajo de la cuerda y seguir respirando. No ha dicho que falte nada en su habitación, así que el móvil no está claro.

Raymond volvió a guardarse el teléfono en el bolsillo y salió del almacén.

Al cabo de un minuto, vio que había recibido un mensaje de texto. Era de John Saunders, el jefe de seguridad. Debía regresar a la suite de Brenda, donde lo aguardaban el capitán y el propietario del barco. Con una toalla y una cubitera en la mano, Raymond se apresuró a volver al camarote.

Brenda seguía sentada en la butaca. El mayordomo vio que, en los escasos minutos que había pasado a solas, la mujer se había terminado el helado de vainilla, el pastel de manzana y el café. Pero era imposible pasar por alto la fea señal roja que le rodeaba el cuello. Podría haberse asfixiado, pensó. Oyó que le decía al doctor Blake que no estaría viva si él no la hubiera rescatado, y también que pensaba demandar a la empresa de cruceros porque, pese a saber que había un asesino a bordo del barco, no se habían tomado la molestia de vigilar los pasillos.

El capitán Fairfax inició unas prolijas disculpas, pero Gregory Morrison lo interrumpió. El armador le aseguró que cuidaría muy bien de ella si accedía a no decirles a los demás pasajeros ni una sola palabra de lo que le había sucedido.

—Tanto si hablo como si no, va a tener que pagarme —repuso ella con la voz entrecortada mientras se pasaba los dedos por el cuello lastimado—. Podría estar muerta —gimió—, y sería porque todos ustedes han incumplido su obligación de protegernos. Pronto estaremos todos en cubierta cantando «*Nearer, my God, to thee, nearer to thee...*», como en la película *Titanic*.

79

A quinientas millas náuticas de distancia, el médico del *Paradise* observaba inquieto a su nuevo paciente. Ni siquiera sabía cómo se llamaba. No habían encontrado ningún documento que lo identificase en la poca ropa que aún llevaba puesta cuando lo sacaron del agua.

El hombre sufría hipotermia y neumonía. Había pronunciado pocas palabras, casi incomprensibles: «empujó» y «a por ella», que repitió varias veces. Sin embargo, dado que tenía cuarenta grados de fiebre, el médico pensó que deliraba.

Se abrió la puerta y el capitán del barco entró en la sala.

—¿Cómo está? —preguntó con brusquedad, directo al grano, observando al pasajero inesperado que habían subido a bordo diez horas antes.

—No lo sé, señor —contestó el médico en tono respetuoso—. Está estabilizado, aunque tiene grandes dificultades para respirar. Aún no está fuera de peligro, pero creo que saldrá adelante.

—Teniendo en cuenta lo frías que son estas aguas, me sorprende que haya podido sobrevivir. Aunque, claro está, no sabemos cuánto tiempo pasó en el agua.

—En efecto, señor, no lo sabemos. Pero tenía dos aspectos a su favor. En la comunidad médica, decimos en broma que la persona más preparada para el frío es la que está en forma, pero tiene unos kilos de más. Seguramente, su gran cantidad de grasa le aisló el tronco, reduciendo su susceptibilidad a la hipotermia. Sin embargo, tiene los hombros y piernas musculosos de un nadador. Mientras se mantenía a flote, esos músculos debieron de generar calor, ofreciéndole una protección adicional frente al frío.

El capitán guardó silencio durante unos momentos.

—¡Pues haga lo que pueda y manténgame informado! —le espetó de pronto—. ¿Ha dicho ya cómo se llama?

—No, señor.

El médico no añadió que el paciente murmuraba que lo habían «empujado». Sabía que el capitán prefería los hechos comprobados a las especulaciones. Estaba seguro de que esos balbuceos demostrarían ser delirios inducidos por la hipotermia cuando el paciente se recuperase. Si es que lo hacía.

—¿Cree que sobrevivirá? —preguntó el capitán.

—Así es, señor, y no me separaré de él hasta estar seguro de que se encuentra fuera de peligro.

—¿Cuánto cree que falta para eso?

—Sabremos más en las próximas siete horas, señor.

—Avíseme de inmediato si recobra el conocimiento.

El capitán abandonó la sala. El médico colocó una butaca reclinable al lado de la cama, se acomodó y se tapó hasta el cuello con una manta.

Dulces sueños, huésped misterioso, pensó. Cerró los ojos y se durmió profundamente.

Día 5

80

Alvirah y Willy, Devon Michaelson, Anna DeMille y Ted Cavanaugh se reunieron para disfrutar de un desayuno tranquilo que resultó ser cualquier cosa menos eso.

Brenda llegó a la mesa pocos minutos después. Yvonne y el profesor Longworth ya estaban allí. Brenda, que se sentía muy importante con su marca roja alrededor del cuello, había previsto inicialmente desayunar en su suite. Tras confirmar que no sufría ninguna lesión grave, el doctor Blake la instó a pasar la noche en la enfermería, pero ella se negó, prefiriendo la intimidad de su camarote.

Decidió que compartir su experiencia cercana a la muerte con los demás pasajeros del salón Queen resultaría mucho más interesante. En cuanto se sentó, empezó a frotarse el cuello con insistencia y luego emitió un gemido audible mientras se bebía un vaso de zumo de naranja recién hecho.

—¿Qué le ha pasado? —exclamaron todos.

Complacida, Brenda les contó la historia a sus compañeros de mesa sin escatimar ni un solo detalle.

—¿Está segura de que no vio a la persona que la atacó? —preguntó Yvonne, nerviosa.

—Debía de estar escondida en el armario. Me atacó por detrás en cuanto le di la espalda —explicó, llevándose la mano al pecho.

—¿Se fijó en algún detalle que pueda ser útil para averiguar quién la atacó? —insistió Yvonne.

Brenda negó con la cabeza.

—La verdad es que no. Fuera quien fuese, era muy fuerte.

No tiene ni idea, pensó Longworth. Muy interesante.

Brenda continuó:

—No sé con qué me rodeó el cuello, pero iba a utilizarlo para estrangularme. Empecé a perder el conocimiento. Recuerdo que me empujó dentro del armario. Por suerte, logré meter un dedo dentro del nudo antes de que empezara a apretar. Al principio forcejeé, pero luego decidí que sería mejor fingir que me estaba desmayando. Estaba a punto de hacerlo de verdad cuando noté que empezaba a soltarme.

—¡Oh, Dios mío! —exclamó Yvonne.

—Ya puede decirlo —reiteró Brenda—. Mi vida empezó a pasar ante mis...

—¡Oh, Dios mío! ¿Cuándo acabará esto? —la interrumpió Longworth—. ¿Estamos todos en peligro?

—Pero me quedé quieta —continuó ella—, sin respirar apenas. Estuvo un rato en mi habitación, haciendo vete a saber qué. Escuché hasta oír que la puerta del camarote se abría y cerraba. Se había marchado.

Para entonces, Yvonne parecía tan ansiosa como Brenda.

—¡Qué horrible experiencia! —gimió—. Al oír cómo le costaba respirar, me doy cuenta de lo mal que lo debió pasar mi querido Roger.

Longworth se percató de que Brenda se sentía muy contrariada por tener que compartir sus quince minutos de fama con la desgracia de otra persona.

—Para abreviar... —continuó Brenda.

Demasiado tarde, se dijo Longworth.

—Sobreviví. Estoy viva para contar la historia. Y hasta esta mañana no me he dado cuenta de que, para colmo, ha desaparecido mi valiosísimo collar.

Intuyendo que había perdido a su público, terminó de desayunar a toda prisa y se dirigió a la mesa contigua, donde se sentó y empezó a frotarse los cardenales del cuello.

Cuando volvió a contar su angustiosa aventura, comprobó encantada que Alvirah, Willy y Ted Cavanaugh se preocupaban mucho.

—En cierto modo, me da envidia —dijo Anna DeMille—. Me cuesta imaginar lo que sería estar en esas circunstancias. —Se volvió hacia Devon y le apoyó la mano en el brazo—. Ojalá fueses tú quien me rescatase —murmuró con dulzura.

Ted se quedó solo unos minutos. Luego se disculpó y habló con Alvirah en un murmullo.

—Tengo que llamar a un cliente de Francia, pero después quiero ir a ver cómo está Celia.

—Buena idea —convino Alvirah.

Al cabo de unos minutos, Brenda miró a su alrededor y descubrió a las amigas de Yvonne que vivían en los Hamptons. Se dirigió a su mesa frotándose el cuello y haciendo muecas de dolor.

Alvirah vació su taza de café.

—Vamos a dar un paseo por cubierta, Willy.

Este miró por la ventana.

—Llueve a cántaros, cariño.

Alvirah siguió su mirada.

—¡Vaya, tienes razón! Pues entonces subamos. Quiero llamar a Celia y preguntarle cómo se encuentra.

81

Por suerte, Celia había dormido bien después de cenar. Al fin y al cabo, ya no tenía el collar en su poder y haber confiado en Alvirah le había quitado un gran peso de encima. Sin embargo, cuando abrió los ojos a las seis y media de la mañana tuvo que reconocer que había otro motivo. Había disfrutado mucho de su charla con Ted Cavanaugh. Sabía que había sido sincero al decirle que no creía que ella tuviera nada que ver con la muerte de Lady Em. Le habría gustado decirle lo que la anciana le había dicho acerca de Brenda y Roger, pero eso podría haberle llevado a preguntarse por qué sabía tanto.

Tras repasar la conversación entre ambos hasta el último detalle, dedicó su atención a una pregunta que no dejaba de atormentarla. ¿Por qué se había dejado engatusar por Steven? ¿Por qué no había sido más prudente? Una sencilla comprobación habría revelado enseguida que gran parte de lo que él decía no era cierto. Se preguntó si la culpa sería de su padre, que con su muerte prematura la había dejado en un estado tan vulnerable. Se sintió avergonzada y enfadada consigo misma por haber considerado siquiera la posibilidad de acusarlo a él.

—Te quiero, papá —susurró, mientras unas lágrimas sanadoras acudían a sus ojos—. La culpa es solo mía.

Se incorporó, cogió una bata y pidió por teléfono un café y una magdalena.

No dejaré que esto vuelva a pasar, pensó. Tengo que estar segura. Fue hasta la mesa y abrió su portátil. Celia no recordaba el nombre del bufete de abogados de Ted, así que tecleó en Google: «Ted Cavanaugh abogado Nueva York». Uno de los vínculos correspondía a la página web del bufete Boswell, Bitzer y Cavanaugh. Abrió la página. Hizo clic en «Nuestro equipo» y, cuando apareció la foto de Ted, echó una ojeada a la breve biografía que se incluía debajo. Celia lanzó un suspiro de alivio. Ted es exactamente quien dice ser.

Al cabo de unos minutos sonó su teléfono. Era Alvirah.

—Solo quiero decirte que tengas cuidado —le advirtió—. Brenda Martin acaba de bajar a desayunar. Dice que alguien trató de estrangularla y que habría muerto si el mayordomo no hubiese entrado a tiempo en la habitación.

—¡Oh, pobre Brenda! —exclamó Celia.

En ese momento recordó que Lady Em le había contado que era una ladrona.

—Me preocupa que el ladrón busque el collar de Cleopatra —siguió Alvirah—. Debes tener mucho cuidado en los dos próximos días. Y sé prudente cuando camines. El barco ha empezado a balancearse de lado a lado. Si aún no has salido al exterior, quizá no sepas que tenemos encima una terrible tormenta.

—No he salido —contestó Celia—. Me inquieta la posibilidad de haberos puesto en peligro a Willy y a ti.

—¡No nos pasará nada! —le aseguró su amiga—. Nadie va a matarme mientras Willy esté conmigo, y no creo que nadie vaya a meterse con él.

—Ya me siento mejor, pero tened cuidado, por favor.

—Lo tendremos —prometió Alvirah.

Celia acababa de colgar cuando el teléfono sonó otra vez. Era Ted Cavanaugh. Su voz sonó solícita.

—No has bajado a desayunar. ¿Estás bien?

—Estoy perfectamente —le aseguró—. Esta mañana se me han pegado las sábanas, algo que hacía mucho tiempo que no me pasaba.

—Te llamo para pedirte que tengas cuidado. Anoche estuvieron a punto de asesinar a Brenda. Al parecer, alguien la atacó en su habitación y trató de estrangularla. Le robaron un collar de perlas muy valioso.

La joven no le contó que se acababa de enterar por Alvirah, ni que el único collar que le había visto a Brenda era de mala calidad. De repente, se le ocurrió que la joya que afirmaba que le habían robado podía ser de Lady Em. Sin embargo, se guardó ese pensamiento para sí.

—Acaban de enviarme del bufete el material para redactar un escrito que he de terminar esta noche. ¿Te apetece que quedemos mañana para almorzar?

—Estaría muy bien —respondió Celia con sencillez.

—Estupendo. ¿Qué te parece a la una en el salón de té de tu cubierta?

—Perfecto —confirmó y, cuando Ted cortó la comunicación, continuó al teléfono un instante—. Ahora mismo, no me siento tan sola —dijo en voz alta.

Colgó el teléfono y cogió su taza de café.

82

Gregory Morrison vio que el capitán Fairfax y el jefe de seguridad entraban en su habitación. Los miró y luego llevó la vista más allá.

—¿Dónde está el inspector Clouseau de la Interpol? —preguntó—. He dicho que también quería que viniera.

—Le he pedido al señor Michaelson que se uniera a nosotros —explicó el capitán, nervioso—, pero ha dicho que no pensaba venir para que usted lo humillara.

—No tenía que habérselo pedido. Debía venir sí o sí. —Morrison exhaló un suspiró—. Olvídelo, de todas formas, no nos sirve para nada.

Morrison comenzó a recorrer la suite mientras hablaba.

—Esa mala pécora de Brenda Martin va por el comedor enseñándole el cuello hinchado a todo el mundo. Todos los pasajeros tendrán miedo de estar solos en su habitación.

Miró a John Saunders a los ojos.

—¿Puede darme algún buen motivo para seguir pagándole el sueldo? Después de que mataran a una pasajera y le robaran las joyas, ¿por qué no se le ocurrió poner a algún vigilante en el pasillo?

Saunders se había acostumbrado a pasar por alto las constantes pullas de su jefe.

—Deje que le recuerde, señor Morrison, que acordamos

intentar mantener en lo posible una apariencia de normalidad a bordo. No es normal poner vigilantes armados en los pasillos, ante las puertas de las suites. Recuerdo que dijo usted exactamente que no dirigíamos una cárcel.

—Supongo que tiene razón —reconoció el armador a regañadientes.

El capitán Fairfax tomó el control de la situación.

—Con franqueza, deberíamos centrarnos en cómo vamos a responder a este último... incidente. Las webs de noticias todavía no se habían enterado cuando venía hacia aquí, pero...

Morrison sacó el móvil del bolsillo e introdujo el nombre del barco.

—Justo lo que me temía —gruñó—. El primer resultado dice: «¿Otro pasajero atacado en el *Queen Charlotte*?».

El armador continuó leyendo.

—¿Pueden creérselo? Ya llaman al barco «el *Titanic* del siglo XXI».

Nadie dijo nada.

—Mi barco —añadió con la voz quebrada—. Vamos, salgan de aquí y asegúrense de que no ocurra nada más hasta que lleguemos a puerto.

El capitán Fairfax y John Saunders asintieron con la cabeza y abandonaron la habitación. Morrison se instaló en una cómoda butaca y consultó en su móvil los mensajes de correo electrónico de la oficina. Había uno del director financiero, enviado diez minutos atrás, en el que le decía que treinta pasajeros que debían subir al barco en Southampton habían cancelado su reserva.

Se levantó de un salto y fue hasta el mueble bar. Esta vez eligió un Johnny Walker Blue y llenó un vaso. Eso ha sido antes de lo que le ha pasado a Brenda Martin, pensó mientras bebía a pequeños sorbos. Me pregunto cuánto tendré que pagar por esa garganta irritada.

83

Diez horas después de dormirse, Roger Pearson abrió los ojos. Estoy vivo, estoy vivo, pensó. Se percató de que estaba conectado a un respirador. Se tocó la frente y la notó caliente. Pero creo que me pondré bien.

Miró hacia un lado y vio que un hombre con bata blanca de médico dormía en la butaca reclinable situada junto a su cama. Comprendió que eso era bueno. Quería decirle su nombre y explicarle que se había caído por la borda del *Queen Charlotte*. Recordaba con toda claridad la expresión desquiciada de Yvonne mientras se abalanzaba contra él y lo empujaba con todas sus fuerzas hacia atrás. Desde luego, pensaba hacerle saber que era muy consciente de lo que había hecho, pero no estaba dispuesto a compartir lo sucedido con quienes pudieran hacerle preguntas en ese barco.

Roger cerró los ojos y disfrutó de la sensación de dicha que le producía encontrarse bien abrigado bajo unas pesadas mantas. No volveré a nadar en toda mi vida, decidió, mientras invadía su mente el recuerdo del intenso frío y del agua salada entrando en su boca.

84

—Tenemos que pensar, Willy.

Alvirah habló con voz firme mientras se agarraba del brazo de su marido para mantener el equilibrio pese al balanceo del barco.

—Tranquila, cariño, ya te tengo —respondió él con calma, cogiendo el brazo de Alvirah con una mano y la barandilla con la otra.

—Vamos a una de las salas tranquilas —sugirió ella—. Tenemos que hablar.

—Pensaba que querías caminar.

—No. Alguien podría oírnos; nunca se sabe.

—Creo que somos los únicos que estamos aquí fuera, pero me parece bien.

Se instalaron en un salón de té y pidieron dos tazas de café.

—Willy —susurró cuando el camarero regresó a la cocina y cerró la puerta—, tenemos que resolver todo esto ahora mismo.

El aludido dio un buen trago a su café y suspiró satisfecho.

—Cariño, lo que más me preocupa es qué hacer con este maldito collar.

—No te preocupes. Ya lo decidiremos —le aseguró Alvirah—. Pero repasemos lo que sabemos hasta el momento. Alguien mató a la pobre Lady Em y trató de robarle. Sabemos que su asesino no consiguió el collar de Cleopatra porque ella se lo había dado a Celia. Y sabemos que, justo antes de morir, Lady Em le contó a Celia que Roger Pearson, que Dios lo tenga en su gloria, y Brenda Martin la engañaban.

Willy asintió.

—Yo creo todo lo que nos ha dicho Celia. ¿Y tú?

—Por supuesto que sí. Si fuese culpable, ¿por qué habría de darnos el collar? —Alvirah hizo una pausa—. Pero esa no es la cuestión.

—¿Y cuál es la cuestión?

—Ay, Willy, está claro como el agua. La persona que mató a Lady Em buscaba el collar. Y al no conseguirlo, el asesino o asesina pensó que lo tenía Brenda y fue a por ella.

—¿El asesino o asesina? —preguntó su marido.

—Desde luego; podría ser un hombre o una mujer. ¿Y sabes en quién pienso yo? —Era una pregunta retórica—. Apostaría por Yvonne.

—¿Yvonne?

—Olvidémonos por un momento del Hombre de las Mil Caras. Nadie está seguro siquiera de que se encuentre a bordo. Centrémonos en Yvonne. Mira lo tranquila que está desde que su marido se cayó, o fue empujado, por la borda.

Willy arrugó la frente.

—¿Quieres decir que crees que Yvonne empujó a Roger por la borda?

—No digo que lo crea, pero es muy posible. En fin, mírala. No se ha perdido ni un desayuno. No para de ir por ahí con sus dos amigas de los Hamptons. Las he estado vigilando, y te diré una cosa: Yvonne no es ninguna viuda desconsolada. ¿Cómo te sentirías tú si yo me hubiese caído por la borda?

—Eso nunca habría pasado —afirmó él—. En primer lugar, no habría dejado que te sentaras en la barandilla. Y, en segundo lugar, te habría agarrado. Y si no hubiera podido impedir que te cayeras, me habría tirado al agua para ayudarte.

La mirada de Alvirah se suavizó.

—Lo sé, y por eso te quiero tanto. Pero he de decir que Yvonne no es la única que tengo en mente. ¿Quién más? Anna DeMille...

—¿La que cuenta ese estúpido chiste sobre que no es pariente de Cecil B. DeMille?

—Exacto. Creo que es inofensiva.

—Estoy de acuerdo —convino Willy, y vació su taza—. Está demasiado ocupada tratando de pescar a Devon Michaelson como para dedicarse a matar a alguien por un collar.

—Pensamos lo mismo. Tachémosla de la lista. Ahora hablemos de las demás personas que se sientan en nuestras dos mesas. Está el profesor Longworth.

—El experto en Shakespeare. —Willy negó con la cabeza—. No sé qué decir de él. Me parece un poco raro, pero no el típico asesino. ¿Y Ted Cavanaugh? Desde luego, trataba de ganarse el favor de Lady Em.

—Es verdad —convino Alvirah—. Pero, por algún motivo, no puedo imaginármelo matándola. Además, ¿por qué iba a hacerlo? Celia dijo que Lady Em pensaba donar el collar de Cleopatra al museo de El Cairo.

—Eso es lo que quería Cavanaugh, pero ¿lo sabía en el momento del asesinato?

Alvirah desechó la idea con un gesto de la cabeza.

—No creo que Celia se lo haya dicho, porque equivaldría a admitir que vio a Lady Em la noche antes de su muerte. Estoy segura de que somos los únicos a quienes ha confiado esa información. Pero es que no creo que Cavanaugh sea capaz de matar a nadie. Proviene de una buena familia. En fin, su padre fue embajador dos veces.

—Muchas personas de buena familia resultan ser asesinos —comentó Willy.

Alvirah pasó por alto esa posibilidad.

—Pensemos un poco. ¿Quién más se ha sentado en nuestras mesas?

—¿Devon Michaelson?

—Sí, claro, podría ser él, pero no lo creo. El pobre subió a este barco para esparcir en el mar las cenizas de su esposa. Se pasa casi todo el tiempo escondiéndose de Anna DeMille. Volvamos al profesor Longworth. Viaja mucho. Suele dar conferencias en estos cruceros, igual que Celia.

—Pero Longworth está jubilado. Celia trabaja a jornada completa en Carruthers.

—Confía en seguir teniendo un trabajo a jornada completa. No sabe qué va a pasar ahora que ese miserable exnovio suyo ha intentado hacerla pasar por una ladrona.

—Pues no lo conseguirá, estoy seguro.

—Puede que no consiga implicarla en su fraude, pero eso no le ha impedido convertir la vida de Celia en un infierno.

—Otra cosa, cariño. Estoy preocupado. ¿Qué vamos a hacer con este collar cuando lleguemos a Southampton o cuando volvamos a casa?

Mientras hablaba, Willy comenzó a rebuscar en el bolsillo de su pantalón, y solo se tranquilizó cuando sus dedos tocaron las esmeraldas.

—Llegaremos a casa, llamaremos a Ted Cavanaugh y se lo entregaremos.

—¿Y cómo le explicamos que lo tenemos?

—Aún lo estoy pensando —reconoció Alvirah—. Lady Em quería darle el collar a Ted. Él tiene razón. Pertenece al pueblo de Egipto. Cleopatra era su reina.

—Pues menuda suerte le trajo.

Willy se quedó mirando su taza vacía, a sabiendas de que su mujer no querría que pidiese otra.

—Aún tengo preguntas sobre Yvonne —continuó Alvirah—. Míralo de este modo: alguien es capaz de hacer lo que sea, matar incluso, para conseguir ese collar. ¿Estamos de acuerdo?

—De acuerdo —repitió Willy.

—Ese alguien mató a Lady Em y trató de matar a Brenda, pero aun así no consiguió el collar.

—Eso lo sabemos nosotros.

—El capitán podría haber anunciado que el collar estaba seguro en su caja fuerte, pero no lo ha hecho. ¿Qué le dice eso al asesino?

—Que otra persona, uno de los pasajeros, lo tiene.

—Entonces, si fueras el asesino, tanto si fueses alguien que conocemos del barco o ese Hombre de las Mil Caras, trataras de averiguar quién tiene el collar y supieras que no eran Lady Em, Roger ni Brenda, ¿quién supondrías que lo tiene?

—Celia Kilbride —respondió Willy enseguida.

—Eso mismo estoy pensando —confirmó Alvirah—. No cabe duda de que, con ese asesino suelto, Celia corre un grave peligro.

Bajó la mirada y vio que solo había dado unos pocos sorbos a su café. Se resistió al impulso de apurarlo y se lo pasó a Willy.

—He visto que mirabas tu taza vacía. Toma un poco más.

—Gracias —dijo mientras cogía la taza con avidez.

—De ti y de mí depende que no le pase nada a Celia antes de que lleguemos a Southampton.

En ese momento el barco cabeceó bruscamente.

—Si es que llegamos —murmuró Willy.

Día 6

85

Después de hablar con Alvirah y Ted, Celia se deleitó con la lujosa sensación de no tener nada que hacer. Se acabaron las conferencias, pensó, solo queda un último día de descanso y relax antes de llegar a Southampton.

Apartó el edredón de plumas, salió de la cama, se desperezó y abrió la puerta del balcón. Una fuerte brisa agitó su camisón. El mar tempestuoso y embravecido del día anterior se había calmado muy poco esa mañana.

Celia pidió por teléfono huevos revueltos, una magdalena y café. La bandeja del desayuno llegó con el periódico del día. Decidió ignorarlo, pero al final no pudo resistir la tentación de echarle un vistazo.

Como cabía esperar, no aparecía mención alguna de lo que les había sucedido a Lady Em ni a su collar, pero había una noticia sobre el caso de Steven. Le habían aumentado la fianza tras la publicación del artículo de la revista *People* en el que reconocía abiertamente su culpabilidad; el juez consideraba que, en su caso, existía un elevado riesgo de fuga.

—Desde luego que sí —murmuró Celia en voz alta.

Apartó de su mente la idea de que el FBI volvería a interrogarla en cuanto regresara a casa.

Terminó de desayunar y se demoró un rato con el café. Luego se levantó despacio y entró en el cuarto de baño, don-

de abrió el grifo de la ducha y conectó el sistema de nebuliza-
ción. Esto es el paraíso, pensó mientras se lavaba el pelo. Tenía
la impresión de que cada poro de su cuerpo expulsaba miedo
y aprensión. Cerró el grifo, se aplicó crema facial y loción cor-
poral. Se sentía infinitamente más fresca.

Se vistió pensando en otra cosa. Intentaba decidir qué diría si llegaba a saberse que el collar de Cleopatra estaba en su
suite la noche que asesinaron a Lady Em.

¿Creería alguien que la anciana dama me lo dio por su propia voluntad?, se preguntó. La respuesta era evidente: nadie
lo haría. Concéntrate en el presente, se dijo mientras se ataba
el albornoz, encendía el secador y se cepillaba el pelo. Se aplicó un ligero maquillaje y sacó del armario el chándal nuevo
que se había comprado para el viaje.

No seas tonta, se dijo mientras se vestía. Ted Cavanaugh
no tiene el menor interés en mí, y menos después de ese artículo de *People*. Es la clase de hombre que querría cualquier
mujer. Cuando me invitó a almorzar con él, solo estaba siendo educado.

Aún era temprano, pero terminó de vestirse y se miró en
el espejo. Luego fue hasta la caja fuerte y sacó los pequeños
pendientes de oro que su padre le había regalado cuando se
marchó a la universidad.

Recordaba cada una de sus palabras: «Estos pendientes eran
de tu madre. Ahora quiero que los tengas tú». Luego añadió:
«Tienes su rostro, sus ojos y su risa».

¿Cómo era mi madre?, se preguntó Celia. Debería haber-
la echado en falta más de lo que lo hice, pero era muy pequeña y papá estuvo siempre a mi lado, día y noche. Quizá le
exigí demasiado. Tal vez, si no hubiera estado siempre tan
preocupado por mí, habría conocido a otra persona y se habría enamorado. No era un pensamiento agradable. He sido
muy egoísta al culparlo de mis problemas. Habría sido más
sincero culparme a mí misma. Le he hecho responsable de mo-

rirse antes de que yo conociese a Steven, por no estar ahí para aconsejarme.

¿Por qué tuve tantas ganas de enamorarme? Fui estúpida. Absolutamente estúpida. Pero estoy segura de una cosa: papá está con mi madre y es feliz.

El teléfono interrumpió sus pensamientos. Era Ted.

—¿Te parece bien que pase a recogerte dentro de unos minutos?

—Ven cuando quieras.

Celia abrió cuando él llamó a la puerta. La joven vio la aprobación en sus ojos mientras entrelazaba sus dedos con los de ella.

—Hace mal tiempo. Creo que sería buena idea que fuéramos de la mano.

Celia apretó los labios para no decir: «Encantada, Ted, encantada».

86

Gregory Morrison acudió de mala gana a desayunar al salón Queen. No tenía ningunas ganas de ver la expresión inquisidora de los pasajeros ni de contestar sus estúpidas preguntas sobre la posibilidad de que asfixiaran o estrangularan a alguien más. Sin embargo, si comía en su habitación daría la impresión de estar escondiéndose.

Como si no tuviese suficientes preocupaciones, el capitán Fairfax le había telefoneado para decirle que la tormenta se intensificaba en lugar de disminuir, y el doctor Blake le informó de que la enfermería se estaba llenando de pasajeros mareados. Esto es fantástico, se dijo con amargura. En mi precioso barco, si tienes la suerte de que no te ahoguen o te estrangulen, te pasas parte del viaje con la cabeza dentro del inodoro.

Tenía un consuelo. Brenda Martin no había llegado aún a su mesa. Debe de estar en la cocina, torturando al pastelero, pensó para sus adentros.

La verdad era que el balanceo del barco también la había mareado, por lo que se había visto obligada a cancelar su plan de bajar a las tres plantas inferiores y deleitar al resto de los pasajeros compartiendo con ellos su historia de damisela en apuros.

El profesor Longworth e Yvonne compartían su mesa, pero Morrison estaba demasiado distraído como para percatarse de que Yvonne lo observaba con interés. Había buscado su nombre en internet y se había enterado de que llevaba diez años divorciado y no tenía hijos. Además de ser el único propietario del *Queen Charlotte*, poseía una flota de veinte barcos especializados en cruceros fluviales. Tiene sesenta y seis años, pensó, unos veinte más que yo, pero eso no importa mucho. Tendré que invitarlo a visitar East Hampton en Semana Santa.

Sonrió cuando Morrison escogió un asiento junto a ella. ¿Qué estaba diciendo? Ah, sí.

—¿Se da usted cuenta de que el *Queen Charlotte* no tiene absolutamente ninguna responsabilidad si un pasajero se cae por la borda?

Eso ya lo veremos, pensó Yvonne mientras le dedicaba una sonrisa aún más radiante. Entonces vio que un miembro de la tripulación se acercaba a toda prisa al capitán Fairfax y le susurraba algo al oído. El capitán adoptó una expresión de sorpresa y corrió hacia Morrison.

—Tengo que hablar un momento con usted. Si nos disculpa, señora —añadió Fairfax mientras se apartaban unos pocos metros.

El capitán habló en voz demasiado baja como para que Yvonne pudiera oír lo que decía, pero la respuesta de Morrison fue muy clara.

—¿Quiere decir que el pobre tipo se pasó flotando casi once horas?

Oh, no, oh, no, pensó Yvonne, pero se aseguró de que su expresión no revelara sus sentimientos cuando Morrison se acercó rápidamente a ella.

—Tengo una maravillosa noticia, señora Pearson. Su marido ha sido rescatado por un barco. Sufre neumonía, pero se está recuperando muy deprisa. Llegará a Southampton un día después que nosotros.

—¡No sé qué decir! —logró balbucear Yvonne antes de cerrar los ojos y desmayarse.

87

El tiempo se agotaba. Al amanecer del día siguiente atracarían en Southampton. Quedaban menos de veinticuatro horas para conseguir el collar de Cleopatra. Estaba seguro de que Brenda era la persona a quien Lady Em se lo había confiado. Evidentemente, se equivocaba.

Entonces ¿quién?, se preguntó mientras caminaba por la cubierta de paseo.

No le preocupaba lo más mínimo que Brenda hubiera sobrevivido. Su relato de lo sucedido en su habitación dejaba claro que no tenía la menor idea de quién la había atacado. Se preguntó por qué se habría inventado que el asaltante había robado un collar de perlas de su habitación.

Realizó un minucioso registro tras cubrirle la cabeza con la funda de almohada y arrojarla dentro del armario. El collar de Cleopatra no estaba.

No pretendía matar a Brenda, como tampoco había querido matar a Lady Em, pero la vieja dama se había despertado y había podido verlo con claridad, y tal vez no se hubiese dejado engañar por el disfraz que llevaba. En el caso de Brenda, faltó poco para que le atraparan. Aún no había cerrado la puerta de su propia habitación cuando oyó que el mayordomo llamaba a la de su suite.

En el cóctel del capitán había oído que este le pedía a Lady

Em que le permitiera guardar el collar en su caja fuerte priva-da. ¿Y si había cambiado de opinión y había decidido entre-gárselo? Aquella última noche no se encontraba bien. Sin em-bargo, cuando volvió a su habitación llevaba el collar puesto.

No había dejado que Brenda la acompañase. En realidad, Lady Em se había mostrado muy fría con ella esa noche. Se preguntó si se habría enfadado por algún motivo. De ser así, eso explicaría por qué no había llamado a su asistente para que acudiera a buscar el collar.

¿Qué otras personas de su confianza quedaban? Seguramente Roger, pero se había caído por la borda. La vieja no parecía llevarse demasiado bien con Yvonne, que no podía disimular su aburrimiento cada vez que Lady Em hablaba. El Hombre de las Mil Caras estaba enfadado consigo mismo. Debería haberlo pensado mejor antes de entrar en la habitación de Brenda y esperarla.

¿Quedaba alguien más? Su mente regresaba una y otra vez a Celia Kilbride. Lady Em había insistido en que la joven gemóloga se sentara a su mesa. Se había instalado en primera fila para escuchar dos de sus conferencias sobre joyas. Por una de las preguntas que Lady Em había hecho, quedaba claro que se conocían y mantenían una relación cordial. Daba la impresión de que a la aristócrata le gustaba más hablar con Celia que con su difunto asesor financiero o su asistente personal.

¿Se puso nerviosa cuando el capitán se ofreció a guardar el collar en su caja fuerte? ¿Le habría contado este que el Hombre de las Mil Caras podía encontrarse a bordo? En tal caso, si de pronto se había preocupado por el collar, ¿a quién se lo habría confiado? Era lógico. Se lo habría entregado a la simpática y joven gemóloga.

Metió la mano en la cazadora y buscó el nombre de Celia Kilbride en la lista de pasajeros. Su habitación estaba en el mismo pasillo que la suite de Lady Em, a escasos metros.

Tiene que ser ella, decidió.

88

Dos camareros ayudaron a Yvonne a llegar a su camarote. Les pidió que la acomodaran en una butaca y después insistió en que se marcharan. Empezaba a asimilar las consecuencias de que Roger hubiera sobrevivido a la caída. ¿Qué hago si dice que lo empujé?, se preguntó. Lo negaré categóricamente. Los dos habíamos bebido mucho. Ya dije que yo fui al baño antes de que se cayera. Luego, cuando salí y vi que no estaba, tuve miedo de que hubiera ocurrido algo. Fue entonces cuando pedí ayuda.

Suena correcto y razonable, se aseguró a sí misma. Entonces cayó en la cuenta de que tenía otro as en la manga. Nadie sabe quién mató a Lady Em, se dijo. Le contaré a Roger que lo hice para que no tuviera que ir a la cárcel. No creo que la vieja le hablara a nadie más acerca de la auditoría que pensaba encargar.

Lo solucionaré todo. Sé que puedo hacerlo. Y, si no me cree, lo amenazaré con irme derechita a la policía y hablarles del problema de Lady Em con sus cuentas. Eso zanjará la cuestión.

A estas alturas, Valerie y Dana ya deben de saber que Roger está vivo. ¿Qué les digo? Les contaré que al enterarme de que ha sobrevivido deseé con todas mis fuerzas darle otra oportunidad a nuestro matrimonio. Que supe que podíamos volver a enamorarnos.

Se lo tragarán a pies juntillas. Soy muy buena actriz.

89

Ted cogió con firmeza la mano de Celia y se sujetó con la otra mano a la barandilla del corredor.

—¿Por qué no bajamos a la cubierta principal? —preguntó—. En teoría, es el punto más estable del barco.

—Por mí, estupendo —convino Celia.

—No creo que haya mucha gente. Es una lástima que nuestro último día en el mar sea así.

Eran los únicos ocupantes del ascensor. Cuando llegaron a la cubierta principal, comprobaron que el barco se movía mucho menos. La Tap Room era pequeña y contaba con un bar privado. Una vez sentados, Ted abrió la carta y se la pasó a Celia.

—¿Qué te apetece? Después de una copa de chardonnay, claro —añadió con una sonrisa.

—He comido cosas demasiado sofisticadas. ¿Te parece vulgar el sándwich de pan de centeno con queso a la plancha, tomate y beicon?

—Muy vulgar. Pediremos dos.

Ted pidió y, cuando la camarera se marchó, miró a Celia, sentada al otro lado de la mesa.

—Has dicho que has dormido bien. ¿Significa eso que te sientes mejor?

—Sí —reconoció Celia con franqueza—. Y te diré por

qué. Ayer te dije que echaba mucho de menos a mi padre, pero entonces me di cuenta de que estaba enfadada con él por morirse y no volver a casarse para darme hermanos. Esta mañana, después de varias tazas de café, he comprendido que he sido muy egoísta y que no tengo derecho a echarle la culpa de nada. Durante toda mi vida, estuvo a mi lado las veinticuatro horas del día, cada día. Si se hubiera tomado más tiempo para sí mismo, ¿quién sabe si habría conocido a alguien?

—Has dado un paso muy grande —observó Ted.

—Un paso necesario —apostilló Celia—. Y ahora ya te lo he contado todo sobre mí misma, quizá más de lo que querías oír.

—Me han halagado mucho tus confidencias.

—Te lo agradezco. Pero ahora es tu turno. Háblame de ti y de tu familia.

Ted se apoyó en el respaldo de su asiento.

—Bueno, veamos. Creo que ya sabes que mi padre fue embajador en Egipto...

—Y en Gran Bretaña —terminó Celia.

—Exacto. Mis padres se casaron nada más graduarse en Princeton. Mi padre estudió derecho y llegó a ser juez federal. A mi madre le habría encantado pasar toda la vida en Westchester County y criarnos allí, pero a mi padre le ofrecieron un puesto de agregado diplomático en Egipto. Nos trasladamos cuando yo tenía seis años. Mis dos hermanos menores nacieron allí.

—¿Dónde estudiaste?

—Fui a la escuela internacional americana de El Cairo. Allí estudiaban casi todos los hijos de diplomáticos. Estuve ocho años, hasta que nombraron a mi padre embajador en Gran Bretaña. Pasamos en Londres los cuatro años que estuvo destinado allí.

—Me parece detectar un leve acento británico. ¿Estoy en lo cierto?

—Así es —reconoció Ted—. Estudié el bachillerato en

Eton. Luego fui a Princeton y a la facultad de Derecho de Yale.

—¿Te gustaba vivir en el extranjero?

—Me gustaba mucho. En esa época empecé a sentir fascinación por la forma en que habían interactuado la cultura británica y la egipcia a lo largo de los años.

—¿Echas de menos vivir en el extranjero?

—Para ser sincero, no. Disfruté cada minuto que pasé allí, y me encanta volver de visita. Uno de mis clientes es el ministro de Antigüedades de Egipto. Trabajo para recuperar objetos egipcios extraviados y robados en toda Europa y en Estados Unidos. Pero, al igual que mi madre, prefiero vivir en Nueva York.

—Eso es muy interesante. ¿Cómo acabaste dedicándote a esa especialidad del Derecho?

—Como muchas cosas en la vida, fue cuestión de suerte. Mientras estudiaba el último curso de la carrera, aún no sabía con certeza a qué quería dedicarme. Hice entrevistas con algunos de los principales bufetes de Nueva York. Entonces vi el anuncio de un pequeño y peculiar bufete de abogados de Manhattan especializado en recuperar antigüedades robadas. Parte de la descripción del puesto indicaba: «El conocimiento de Egipto se considerará un plus». Por supuesto, me sentí intrigado. Acudí a la entrevista. Se trataba de dos socios ya mayores que buscaban sangre nueva. Congeniamos enseguida y empecé a trabajar con ellos. Al cabo de siete años me convertí en socio.

—¿En qué zona de la ciudad está el bufete?

—En la Sexta Avenida, a la altura de la calle Cuarenta y siete. Yo tengo un apartamento en Greenwich Village, a tres paradas de metro.

—¿Vives solo?

—¡Claro! —exclamó él—. ¿Y puedo suponer que tú también?

—Desde luego que sí —confirmó Celia.

Se habían terminado los sándwiches.

—Creo que nos merecemos una segunda copa de vino —sugirió Ted.

—A riesgo de repetirme, desde luego que sí —convino ella.

La joven llevaba toda la mañana preguntándose si podía confiarle a Ted su última conversación con Lady Em. Esperó a que el camarero les llevara el vino y se marchase.

—Quisiera pedir tu opinión como abogado sobre lo que voy a explicarte.

Dio un sorbo del chardonnay frío.

—Estaré encantado de dártela y te prometo que nuestra conversación será confidencial —le aseguró Ted, entornando los ojos mientras se disponía a escucharla.

—La noche que murió Lady Em, yo acababa de volver a mi habitación en torno a las diez de la noche cuando me llamó y me pidió que acudiera a su suite enseguida y que llevara mi lupa. Al llegar, vi que no se encontraba bien y que estaba visiblemente disgustada. Me dijo que estaba segura de que tanto su asesor financiero, Roger Pearson...

—¿El que se cayó por la borda?

—Sí. En fin, me dijo que él y su asistente personal, Brenda, la estaban engañando. Me entregó una pulsera y me pidió que la examinase. Era claramente una baratija. Mi examen confirmó que no se trataba de la costosa pulsera que su marido le había regalado hacía muchos años. Dijo que ignoraba por completo cuántas piezas podía haber robado y sustituido Brenda a lo largo de los años. Luego me contó que esa misma mañana le había comunicado a Roger que pensaba encargar a un contable externo la revisión de sus asuntos financieros, y que mucho se temía que esa conversación guardase alguna relación con su caída por la borda esa tarde.

Celia observó a Ted, pero no fue capaz de adivinar sus pensamientos.

—Por último, y esto tiene mucha importancia para ti, Lady Em me entregó el collar de Cleopatra. Me pidió que lo llevara a mi habitación y se lo diera al capitán por la mañana. Dijo que había cambiado de opinión y que estaba de acuerdo contigo en que pertenecía al pueblo de Egipto. Pensaba entregártelo cuando volviese a Nueva York.

—No tenía ni idea —murmuró Ted.

—No quería obligarte a demandar al Instituto Smithsonian para recuperarlo. El nombre de su marido y el de su suegro se habrían visto salpicados por el escándalo. Al parecer, su suegro había pagado mucho dinero por el collar.

—¿Dónde está ahora? —preguntó Ted.

Celia inspiró hondo antes de continuar.

—Ya conoces mi problema con mi exprometido y su fondo de inversiones. Cuando supe que habían asesinado a Lady Em durante la noche, comprendí que estaba en un terrible aprieto.

—Lo entiendo —dijo Ted en tono tranquilizador—. Si no te importa que vuelva a preguntarlo, ¿dónde está el collar?

—Tuve que decidir en quién podía confiar. Acudí a Alvirah Meehan y le expliqué el apuro en el que me encontraba. Me sugirió que le diese el collar a ella para que Willy se hiciera cargo de él.

—Celia, fuiste muy inteligente al proteger el collar. Nadie sospechará que está en poder de Willy Meehan. Pero ahora estoy muy preocupado por ti. Es evidente que quien asfixió a Lady Em y trató de matar a Brenda buscaba el collar. Cualquier persona que observase a Lady Em desde que empezó este crucero pudo ver que ella y tú os habíais hecho muy amigas. Ni su asesor financiero ni Brenda tenían el collar. ¿Quién queda? —La señaló con delicadeza—. Tú.

Celia exhaló un suspiro.

—Estaba tan preocupada por el collar que en ningún momento pensé en eso.

—Has pasado por un trance horroroso. La situación con tu antiguo novio se resolverá con el tiempo y te recuperarás, pero ahora debes tener mucho cuidado. La persona que busca ese collar sabe que esta noche es su última oportunidad. No puedes entrar ni salir sola de tu suite, y debes cerrar siempre la puerta con pestillo. Además de ser tu nuevo abogado, me he nombrado a mí mismo tu escolta.

—Gracias, señor abogado, me siento muy aliviada.

Ted alargó la mano por encima de la mesa y cogió la suya.

—En mi trabajo, me he enfrentado a tipos muy desagradables y he vivido para contarlo. No va a ocurrirte nada mientras yo esté contigo —le prometió.

90

Morrison comprobó encantado que Celia Kilbride se había sentado a su mesa. Gracias a su presencia le sería mucho más fácil soportar a los demás pasajeros. Hay que reconocer que es muy guapa, pensó mientras cruzaba la sala.

Observó consternado que el comedor solo estaba lleno a medias. La última cena debía ser una fiesta. Era el momento en el que los pasajeros intercambiaban su información de contacto para consolidar las nuevas amistades.

Lo consoló la buena noticia que el departamento de ventas le había dado esa mañana. Aunque el asesinato de Lady Em y el ataque contra Brenda habían generado cancelaciones, nuevos pasajeros habían telefoneado para reservar las habitaciones disponibles. No le había gustado oír que en el muelle de Southampton los esperaban vendedores ambulantes de camisetas con la frase YO SOBREVIVÍ A MI CRUCERO EN EL *QUEEN CHARLOTTE*.

Tengo ganas de perder de vista a este grupo, pensó mientras saludaba con un gesto de la cabeza a los ocupantes de la mesa contigua y dedicaba una amplia sonrisa a Celia y al profesor Longworth.

Observó molesto la llegada de Brenda, que no había hecho ningún esfuerzo para cubrir las marcas rojas de su cuello. Oh milagro, ha recuperado el apetito, pensó. Me pregunto con cuánta gente habrá logrado hablar antes de venir a cenar.

De una cosa estaba seguro: aquella mujer no volvería a navegar en el *Queen Charlotte*. Sus oficinas le habían confirmado que Lady Em había pagado su pasaje, así como el de la casi viuda alegre Yvonne y de su rescatado esposo.

Echó un vistazo a su alrededor y se alegró al ver que el capitán Fairfax estaba en su mesa, conversando con un nuevo grupo de pasajeros.

Era consciente de que la cortesía le obligaba a preguntarle a Yvonne si había podido contactar con su empapado marido. Se dio cuenta de que, en lugar de vestir su habitual ropa gris, sin duda como medida previa al luto, esta vez llevaba un conjunto de chaqueta y pantalón de color rosa. La mujer le confirmó que había hablado con el médico del barco. Roger se estaba recuperando muy bien, pero en ese momento dormía. Yvonne pidió que no lo despertasen y le dejó un mensaje cariñoso.

Casi me entran ganas de llorar, pensó Morrison, sarcástico.

Se volvió hacia Celia. Le gustó la chaqueta azul marino que llevaba y el sencillo pañuelo que rodeaba su cuello.

—A pesar del triste fallecimiento de Lady Em —empezó—, espero que se haya divertido un poco en este viaje, señorita Kilbride.

—Ha sido un privilegio estar en este precioso barco —respondió la joven con sinceridad.

—Señor Morrison —les cortó Brenda, que se sentía marginada—, espero que podamos arreglar rápida y amistosamente nuestras diferencias después de la... invasión de mi habitación. Pero cuando eso termine, a mi amigo y a mí nos encantará navegar con usted de nuevo. Como invitados suyos, por supuesto —añadió, sin andarse por las ramas.

Morrison intentó sonreír. Habían servido el primer plato. Brenda engulló una generosa porción de caviar y estaba pidiendo más.

El profesor Longworth decidió que había llegado el momento de hacer notar su presencia.

—Solo puedo decir que este viaje ha sido todo un placer —comentó mientras amontonaba el caviar en su plato—. Me encanta dar conferencias en sus barcos, señor Morrison. Como dijo el Bardo: «Despedirse es un dolor tan dulce».

Mi padre solía decir: «Ya iba siendo hora», pensó Morrison para sus adentros.

91

Ted y Celia volvieron a sus respectivos camarotes para hacer las maletas. Su equipaje tenía que estar preparado en la puerta a las diez de la noche. Antes de entrar en su habitación, Ted esperó hasta oír el sonido metálico del pestillo.

A las siete de la tarde acompañó a Celia al comedor, pero la joven rechazó la sugerencia de que se sentase con él a su mesa.

—Ya sabes que en estos cruceros no les gusta que la gente vaya cambiando de mesa. Si quiero seguir dando conferencias, tengo que acatar las normas. Además, estaremos a menos de dos metros de distancia.

Ted accedió de mala gana. Tras tomar asiento, fue consciente de cómo había cambiado su opinión sobre los pasajeros de ambas mesas. Miró con afecto a Alvirah y a Willy, conocedor de la confianza que Celia había depositado en ellos. Ahora sabía que Willy tenía el collar de Cleopatra en su poder, probablemente en su bolsillo, y sin duda estaba seguro con él. Willy era un hombre corpulento y fuerte, con unos brazos musculosos. Si alguien intentaba robarle, se enfrentaría a una férrea resistencia.

Eliminó a Anna DeMille de su lista de sospechosos. Se notaba que disfrutaba de su primer crucero. Había ganado la rifa de una parroquia. Nunca había salido al extranjero. Si el Hombre de las Mil Caras fuese una mujer, ella era la última persona del barco que despertaría sus sospechas.

¿Devon Michaelson? Poco probable, pensó. Le creo cuando dice que se embarcó para esparcir las cenizas de su mujer. Y su forma de resistirse a las insinuaciones de Anna es muy propia de un viudo afligido.

Tras estudiar a sus compañeros de mesa, echó un vistazo a la mesa contigua. Supo al instante que Gregory Morrison no le caía bien. Puede que sea el propietario del barco, pensó, pero su construcción debe de haberle costado una fortuna. Hacerse con el collar de Lady Em le vendría muy bien. Por supuesto, nadie podría arriesgarse a tratar de venderlo, pero una sola de las esmeraldas que componen sus tres vueltas valdría una fortuna en el mercado de las joyas.

Tras reflexionar un poco más, Ted se preguntó si conseguir el collar de Cleopatra, igual que haber conseguido ese barco, constituiría para Morrison un enorme triunfo más. Aunque no pudiera exhibirlo, el collar sería para él una afirmación de su éxito en el mundo. Demostraría que podía tener lo que quisiera y que, para ello, era capaz de cualquier cosa.

Sin duda alguna, Morrison podía ser sospechoso. Además, a Ted no le gustó ver que el propietario del barco acercaba su silla a la de Celia.

¿E Yvonne? Si Lady Em hubiera llegado a encargar una revisión externa del modo en que Roger Pearson llevaba sus asuntos, era muy posible que a ella también la declarasen cómplice del fraude.

No es ningún genio, decidió, pero es lo bastante lista y quizá cruel como para protegerse por cualquier medio a su alcance.

¿Brenda Martin? No. No habría podido estrangularse a sí misma. Además, ¿qué sentido tendría? Celia ya tenía el collar de Cleopatra en su poder.

¿El profesor Longworth? Es una posibilidad, claro, aunque resulta poco probable. Ted sabía que el erudito viajaba mucho, dando conferencias en universidades de prestigio y en cruceros de todo el mundo. Incluyendo Egipto. Pero, desde luego, no había que descartarle.

Dirigió su mirada a la mesa del capitán. ¿Y Fairfax? Se movía con facilidad por todo el mundo y había sido él quien había instado a Lady Em a entregarle el collar. ¿Se disgustó cuando ella rechazó su sugerencia? ¿Lo bastante como para matarla? Por otro lado, si la dama se lo hubiera dado, él no habría podido encontrar ninguna buena excusa para negarse a devolvérselo a ella o a sus herederos. Así pues, no era un firme candidato para el papel de asesino y ladrón.

Poco satisfecho de su propio juicio, Ted volvió a centrar su atención en la mesa. Observó que, como de costumbre, Anna DeMille rozaba con su brazo el de Michaelson. Madre mía, qué pesada, pensó. Pobre Michaelson. Si Anna DeMille se cae por la borda, será él quien encabece la breve lista de sospechosos.

—Supongo que todo el mundo habrá hecho ya el equipaje, ¿no? —preguntó Ted en un intento por contribuir a la conversación.

—Nosotros sí —anunció Alvirah.

—Yo también —confirmó Anna—. Aunque he de decir que se me saltaron las lágrimas cuando cerré la maleta y pensé que quizá nunca volviera a verlos a ninguno de ustedes.

El comentario iba dirigido claramente a Devon Michaelson, que enrojeció de rabia.

Alvirah trató de disipar la tensión.

—Nos encantaría mantener el contacto contigo, Anna.

Haciendo caso omiso de la expresión consternada de Willy, sacó una hoja de papel de su bolso y garabateó la dirección electrónica de ambos. Vaciló unos instantes, pero al final decidió no añadir la dirección postal ni el número de teléfono. A Willy se le está acabando la paciencia conmigo, pensó.

Todos los pasajeros estuvieron de acuerdo en que la última cena fue exquisita. Una vez más, se sirvió un entrante de caviar, filete de lenguado o rosbif, una ensalada, pastel de queso y helado de frutos rojos en salsa de licor, además de café, expreso, capuchino o té.

Cada plato llegaba acompañado de vino en abundancia. Ted se sorprendió añorando el sándwich de queso a la plancha, beicon y tomate que había tomado en el almuerzo. No quiero más comida gourmet al menos durante un año, decidió.

El comentario de Willy apuntó en una dirección similar.

—En cuanto lleguemos a Nueva York, vuelvo al gimnasio —afirmó.

—Yo también —se lamentó Alvirah—. Dudo que quepa en mi ropa elegante durante algún tiempo. Con lo bien que llevaba la dieta...

Anna DeMille exhaló un suspiro.

—En Kansas no se encuentra comida como esta. —Miró a Devon con coquetería—. ¿Cómo es la comida en Montreal?

Devon parecía cada vez más frustrado. Volvía a encontrarse ante la disyuntiva de mostrarse maleducado o tener que participar en una conversación que no le interesaba en absoluto.

—Montreal es una ciudad muy cosmopolita. Puede encontrarse casi todo tipo de comida.

—Seguro que sí. Siempre he querido visitar esa ciudad. Cuando he mirado en mi ordenador esta mañana, me he sorprendido agradablemente al ver que hay vuelos directos desde Kansas City hasta Montreal.

En la mesa contigua, la cena tocaba a su fin. Morrison no tenía ninguna intención de quedarse durante toda la velada, pero se sentía cada vez más intrigado por Celia. Ya sabía a quién se parecía. A Jackie Kennedy, por supuesto. Una de las mujeres más hermosas e inteligentes que jamás habían puesto los pies en la Casa Blanca.

—Celia, voy a menudo a mis oficinas de Nueva York —dijo cuando estaban terminando el café—. Ya se imaginará que no puedo pasar en el barco los tres meses que tarda en dar la vuelta al mundo. Espero tener el placer de invitarla a cenar muy pronto en Manhattan o de disfrutar de su presencia en mi barco durante las vacaciones.

Ted, que había oído sus palabras, se situó al instante detrás de la silla de Celia.

—¿Nos vamos, querida? —preguntó lo bastante alto como para que Morrison y el resto de los presentes lo oyeran.

La sonrisa de la joven respondió a la pregunta. Como si se hubiera dado una señal silenciosa, todos se levantaron y se desearon buenas noches. Ya que al día siguiente tendrían que madrugar, nadie sugirió una última copa.

92

—Ese tipo intentaba ligar contigo —gruñó Ted, y su boca dibujó una línea tensa e irritada.

—Desde luego que sí —intervino Willy mientras pulsaba el botón para llamar al ascensor—. Que sea dueño de este barco no le da ningún derecho a rozarte el brazo.

—¡Es una vergüenza! —aseveró Alvirah con firmeza, aunque tenía la cabeza en otra parte.

Se volvió hacia Celia cuando entraron en el pasillo que conducía a sus respectivas habitaciones.

—Tengo que reconocer que me pone muy nerviosa que te quedes sola. Como todos sabemos, alguien logró entrar en la habitación de Lady Em, y también en la de Brenda. Y me juego la cabeza a que la persona que busca el collar de Cleopatra ha adivinado que Lady Em te lo dio a ti.

—¡Estoy totalmente de acuerdo! —exclamó Ted—. Bueno, ¿qué hacemos al respecto?

—He estado dándole vueltas al problema y se me ha ocurrido una idea fantástica —anunció Alvirah—. Celia, tienes que venir conmigo y que Willy duerma en tu habitación. Te aseguro que nadie va a asfixiarlo o a estrangularlo.

—Creo que es una idea excelente —convino Ted.

Celia negó con la cabeza.

—Ni hablar. Todos estamos muy estresados. No pienso

permitir que Willy se pase despierto casi toda la noche mientras Alvirah se preocupa por él. Prometo cerrar la puerta con la cadena. Así nadie podrá entrar.

Todos comprendieron que no podrían persuadirla para que cambiara de idea. Alvirah y Willy dormían a tres puertas de distancia de Ted. Celia estaba a tres más de él y al otro lado del pasillo. Willy y Alvirah les desearon buenas noches y Ted acompañó a Celia a su habitación.

—Estoy muy preocupado por ti —insistió—. ¿Me permites dormir en la butaca de tu salón?

Ella negó con la cabeza.

—Gracias, pero no.

—Imaginaba que responderías eso —reconoció—, pero entraré para comprobar que tu habitación es segura. Cuando cierres esa puerta, quiero estar convencido al cien por cien de que eres la única que se queda dentro.

Celia asintió e introdujo la tarjeta en la cerradura. Ted entró delante de ella.

—Espera aquí, por favor —le pidió.

Cruzó rápidamente la habitación y abrió el armario. La joven vio cómo entraba en el dormitorio, abría las puertas del ropero, doblaba una rodilla y miraba debajo de la cama. Luego corrió la puerta de vidrio del balcón, salió al exterior y miró a su alrededor.

—Menos mal que he dejado la suite ordenada. Si no, habría pasado mucha vergüenza.

—Celia, por favor. No es momento de bromas. Quiero pedirte por última vez que...

Ella negó con la cabeza.

—Agradezco de verdad la oferta, pero no. Todos tenemos que levantarnos temprano para bajar del barco. Prometo que, si alguien intenta entrar en mi habitación, gritaré como una *banshee*.

—Eso no me tranquiliza —dijo Ted—. En el folklore irlandés, una *banshee* es un espíritu en forma de mujer que se le aparece a una familia y llora cuando está a punto de morir alguien.

—Pensaba que la experta en leyendas era yo —le respondió Celia con una sonrisa—. No me pasará nada, señor abogado.

—Eres muy tozuda —protestó Ted, rodeándola con los brazos.

Se percató consternado de lo delgada y frágil que parecía. Estaba seguro de que la tensión causada por la detención de su exnovio y las acusaciones contra ella la habían hecho perder peso.

—Vale. Tú ganas —se rindió—. Quiero oír cómo cierras la puerta con el pestillo.

—Ahora mismo —prometió Celia.

Tras darle un breve beso en la frente, Ted cerró la puerta a su espalda y se quedó allí hasta oír el débil traqueteo de la cadena.

Permaneció junto a la puerta un momento, mientras todos sus instintos le pedían a gritos que no se marchara. Pero entonces, con un suspiro, se volvió, echó a andar pasillo abajo y entró en su habitación.

93

Como de costumbre, nada más desvestirse y meterse en la cama, Willy se durmió profundamente. Siempre se acostaba con camiseta y calzoncillos, a pesar de los pijamas y batas que Alvirah le regalaba y que se apresuraba a cambiar por camisas y pantalones informales.

Alvirah dormía con un cómodo camisón de manga larga. Siempre dejaba al pie de la cama una bata de algodón, en cuyos bolsillos guardaba las gafas y una caja de paracetamol por si la artritis amenazaba su descanso.

Como Willy, también ella se durmió enseguida. Sin embargo, se despertó sobresaltada al cabo de pocas horas. En esta ocasión, su habitual posición segura y cómoda, con el hombro encajado contra el de Willy, no le sirvió para conciliar el sueño.

Tenía los nervios de punta. Estaba muy preocupada por Celia. ¿Por qué no ha venido aquí a dormir conmigo?, se preguntó, alterada. ¿Y si entra alguien en su habitación? Brenda es una mujer fuerte y corpulenta, pero no pudo hacer nada contra la persona que se coló en su habitación. ¿Qué posibilidades tendría Celia en un forcejeo?

Siguió dándole vueltas a la cabeza. Los suaves ronquidos de Willy, que solían resultarle reconfortantes, no lograron tranquilizarla.

94

Era ahora o nunca. El Hombre de las Mil Caras subió muy despacio los dos tramos de escaleras para no encontrarse con nadie en el pasillo. Entró con sigilo en su suite y empezó a poner en práctica su plan.

Para empezar, tenía que cambiar por completo su apariencia. Aunque estaba casi seguro de que nadie le había visto las noches en que se introdujo en las habitaciones de Lady Em y Brenda, utilizaría un disfraz diferente. Empezó por los ojos. Sacó de una cajita unas lentes de contacto de color castaño oscuro y se las puso. Esta es la parte fácil, pensó; lo que viene ahora requiere tiempo y habilidad. Abrió un estuche de maquillaje, se miró en el espejo y puso en práctica un arte en el que había debutado cuando empezó a trabajar como voluntario en producciones teatrales durante sus años de instituto.

Una crema facial le amarilleó la piel. Un lápiz especial dio a sus finas cejas un oscuro y agresivo tono marrón. Profundas líneas alteraron su rostro por completo, pero, además, se pegó una barba canosa bastante larga. Satisfecho, cogió una peluca castaña, se la extendió sobre la cabeza y la ajustó con unas palmaditas. Sabía por experiencia que un posible testigo se fijaría antes en el contraste entre el pelo oscuro y la barba canosa que en su rostro.

Se miró detenidamente en el espejo, moviendo la cabeza

de un lado a otro. Excelente, pensó con satisfacción. Buscó los zapatos en su maleta. Las alzas añadirían casi ocho centímetros a su estatura.

Se puso la chaqueta de mayordomo que había robado de la cocina. Le quedaba razonablemente bien, con espacio adicional en los hombros y la cintura. Sacó de su maletín un rollo de cinta aislante y se lo metió en uno de los bolsillos laterales de la chaqueta. Introdujo con cuidado unos alicates en el bolsillo del otro lado.

Durante el siguiente cuarto de hora se dedicó a practicar una leve cojera del lado izquierdo, arrastrando el pie por el suelo.

95

Pocas horas después, Alvirah se despertó sobresaltada. Con el corazón desbocado, trató de calmarse. Había soñado con Celia. De ningún modo voy a volver a dormirme, decidió. Se puso la bata y salió del dormitorio.

Sin saber muy bien por qué, abrió la puerta de la suite. La suave luz la hizo parpadear. Debería acercarme a la habitación de Celia, llamar a la puerta y asegurarme de que está bien, pensó. Miró su reloj de pulsera y se sintió como una idiota. Si aporreo la puerta de Celia a las tres y media de la madrugada, lo único que conseguiré será darle un susto de muerte. Debería meterme en mis asuntos y volverme a la cama.

Estaba cerrando la puerta cuando lo oyó. Un chasquido metálico que llegaba a través del pasillo, procedente de la habitación de Celia. ¿Serían imaginaciones suyas? Momentos después oyó un grito ahogado. Fue solo un instante, pero estaba segura de haberlo oído.

Pensó en despertar a Willy, pero enseguida cambió de idea. Ted llegará más rápido, se dijo. Echó a correr pasillo abajo y golpeó la puerta del joven abogado.

—¡Despierta! ¡Algo le ocurre a Celia!

Ted saltó de la cama al primer sonido, se precipitó hasta la puerta en pijama y la abrió bruscamente. Vio a Alvirah en el pasillo. La mujer parecía aterrada.

—He oído un ruido procedente de la habitación de Celia.

Sin esperar a que la mujer terminase su explicación, Ted se lanzó a toda velocidad por el pasillo, en dirección a la suite de la joven.

Su primer impulso fue seguirlo. Sin embargo, se detuvo, regresó a toda prisa a su habitación, se acercó a la cama y comenzó a sacudir a su marido.

—Willy, Willy, despierta. Celia nos necesita. Vamos, Willy, levántate.

Mientras un aturdido Willy se ponía los pantalones que había dejado preparados para la mañana siguiente, Alvirah le explicó ansiosa lo que había oído. Después telefoneó a seguridad y les pidió que enviaran ayuda.

Dormida, Celia había sido vagamente consciente de un ruido procedente del pasillo. El chasquido metálico de unos alicates cortando el pestillo de cadena de su puerta se integró con un sueño en el que volvía a ser pequeña y jugaba en un parque con su padre. Para cuando reconoció el sonido de unas pisadas que se acercaban, el intruso ya estaba junto a ella. La joven logró lanzar un breve grito antes de que una mano fuerte sostuviera un trapo contra su boca. Respirando a duras penas, levantó la vista y distinguió la cara de un extraño cerniéndose sobre ella. En la otra mano del extraño, una pistola le apuntaba a la frente.

—Un ruido más y te reunirás con tu querida amiga Lady Em, ¿entiendes?

Aterrada, Celia asintió. Notó que disminuía la presión del trapo contra su boca y que este era sustituido por algo frío y pegajoso que le tapaba los labios y la barbilla. Parecía alguna clase de cinta. Libre ya del trapo que le cubría la nariz, ahora al menos podía respirar. Ignoraba quién era su atacante, pero su voz le resultaba vagamente familiar.

El hombre empezó a hablar de nuevo mientras le ataba las

manos delante del cuerpo y luego los pies. Cuando habló, su voz sonó sorprendentemente tranquila y serena.

—De ti depende que mueras o no esta noche. Dame lo que quiero y tus amigos te encontrarán sana y salva por la mañana. Si eliges vivir, dime dónde está el collar de Cleopatra. Y te lo advierto, no me mientas. Sé que lo tienes tú.

Celia asintió con la cabeza. Estaba desesperada por ganar tiempo para que... ¿Para qué? Nadie sabía siquiera que se encontraba en apuros. *No puedo decirle que lo tiene Willy. Los matará a los dos.*

Gritó de dolor cuando el hombre le quitó la cinta aislante de la boca.

—Bueno, Celia, ¿dónde está el collar?

—No lo sé. Yo no lo tengo. Lo siento, no lo sé.

—Pues es una verdadera lástima. Ya sabes que hay un dicho que afirma que no hay nada como el miedo para despertar a la mente.

La cinta aislante volvió a cubrirle la boca. Unos brazos fuertes la sacaron a la fuerza de la cama y la arrastraron hasta la puerta del balcón. Mientras la sujetaba por la cintura con un brazo, el hombre abrió la puerta y la sacó de un empujón. Hacía frío y viento. Celia empezó a tiritar. Su atacante la obligó a sentarse sobre la barandilla y la inclinó sobre el oscuro océano, dieciocho metros más abajo. La cuerda que le rodeaba las muñecas era lo único que impedía su caída.

—Está bien, te preguntaré una vez más quién tiene el collar —repitió, arrancándole la cinta de la boca—. Si sigues sin saberlo, te creeré. Pero entonces no tendrá ningún sentido que siga sujetando esta cuerda.

El hombre aflojó la presión de sus manos y permitió que la joven cayera un poco antes de tirar de ella. Celia sintió que la invadían oleadas de náuseas y terror.

—¿Qué me dices? ¿Quién tiene el collar?

—¡Ella no lo tiene! —gritó Ted mientras cruzaba la puerta como una exhalación y corría hasta el balcón—. ¡Bájala de esa barandilla ahora mismo!

El intruso y Ted se fulminaron con la mirada. Menos de un metro y medio los separaba. Una mano sostenía la cuerda que impedía que Celia cayera; la otra blandía la pistola, que ahora apuntaba contra el pecho de Ted.

—Vale, quieres ser un héroe. ¿Dónde está el collar?

—Yo no lo tengo, pero puedo ir a buscarlo.

—No irás a ninguna parte. Ponte de rodillas. Las manos detrás de la cabeza. ¡Ya!

Sin apartar los ojos de Celia en ningún momento, Ted hizo lo que el hombre le exigía. Aunque ella tenía los pies atados, se percató de que la joven había logrado enganchar un pie detrás de la barra inferior.

—Muy bien, señor Cavanaugh, dígame dónde está el collar o esta señorita se dará un baño.

—¡Espere! —chilló Alvirah nada más abrir la puerta. Willy y ella corrieron hasta el balcón—. Él no lo tiene. Está en nuestra habitación. Libere a Celia y lo llevaremos donde está.

Mientras Alvirah hablaba, Willy se metió la mano en el bolsillo de los pantalones. Notó el collar de Cleopatra, que había escondido allí la noche anterior, y se lo sacó del bolsillo.

—¿Es esto lo que busca? —gritó Willy, haciéndolo oscilar delante del intruso, cuya mirada se concentró en el tesoro. Willy miró un momento a Ted, que asintió con la cabeza. Tenían que asumir ese riesgo—. Debe de tener muchas ganas de conseguirlo si está dispuesto a matar por él. Tenga.

Willy lanzó el collar por los aires hacia el intruso, pensando que su única oportunidad de evitar que cayera por la borda del barco era utilizar la mano que sostenía la pistola. Al ir a cogerlo, soltó la cuerda que sostenía a Celia encima de la barandilla. La joven empezó a caer hacia atrás; su pie se enganchó a la barra, frenando momentáneamente su caída.

Ted, Alvirah y Willy entraron al instante en acción. Ted se

levantó de un salto, alargó las manos por encima de la barandilla y agarró a Celia por los brazos. El impulso de la caída de esta comenzó a arrastrarle también a él. Alvirah agarró las piernas de Ted y las sujetó con todas sus fuerzas.

Willy se movió en cuanto el intruso intentó atrapar el collar. Cuando acabó de cruzar el balcón, el ladrón había cogido la joya y volvía a estirar el brazo con la pistola para apuntarle. De un fuerte manotazo, Willy le apartó la mano. La pistola se disparó, y a punto estuvo de alcanzarle en la cabeza. La pistola y el collar cayeron con estrépito al suelo del balcón. Willy agarró al intruso por los brazos.

Ted forzaba todos los músculos de su cuerpo para sujetar a Celia. Tras frenar el impulso de su caída, había conseguido apoyar la cintura sobre la barandilla del balcón. Había impedido que la joven cayera, pero no tenía fuerza suficiente para devolverla de nuevo al interior del balcón. Al cabo de un momento, notó que Alvirah la agarraba de las piernas, evitando que su cuerpo se precipitara hacia el otro lado.

—¡Ted, suéltame! —gritó Celia—. ¡Te caerás! ¡Te caerás!

La joven intentó con desesperación liberarse de las manos que la sujetaban.

Willy y el intruso intercambiaron miradas asesinas. Sin su pistola, el atacante no estaba a la altura del fornido exfontanero. Cuando vio que Alvirah y Ted luchaban por salvar a Celia, soltó al ladrón, que salió corriendo del balcón y abandonó la habitación.

Ted notaba que la parte superior de su cuerpo se deslizaba por encima de la barandilla. Willy se precipitó hacia ellos, extendió sus largos brazos y agarró a Ted por los codos.

—Tú tira de ella, que yo tiraré de ti —dijo.

Con un último esfuerzo desesperado, pudo tirar del joven hacia el balcón. Al cabo de unos momentos, Ted y él pasaban a Celia por encima de la barandilla. Los tres cayeron junto con Alvirah al suelo del balcón, agotados y jadeantes.

El intruso sabía que debía tomar el camino más corto para volver a la seguridad de su habitación. Estaba convencido de que nadie podría identificarlo. No tardaría en arrojar al mar la peluca, la barba y la chaqueta que llevaba.

Abrió la puerta que daba al pasillo y se quedó paralizado. El jefe de seguridad, John Saunders, le apuntaba a la frente con una pistola. Lo sacó a rastras al pasillo, donde el capitán Fairfax y Gregory Morrison, ambos vestidos con albornoces del *Queen Charlotte*, le sujetaron los brazos a la espalda mientras Saunders le ponía un par de esposas en las muñecas y le metía en la habitación de un empujón.

Ted, que rodeaba a Celia con el brazo, y Willy, que hacía lo propio con Alvirah, entraron tambaleantes en la habitación.

—¿Hay algún herido? —preguntó Saunders.

—No, creo que estamos bien —respondió Ted.

—Siento que hayamos tardado unos minutos más de la cuenta en llegar—se excusó Saunders. Luego se volvió hacia Alvirah y añadió—: Cuando ha telefoneado a seguridad, hemos creído que el robo tenía lugar en su habitación, así que primero hemos acudido allí.

—Lo lamento —murmuró Alvirah—. Tengo la costumbre de dar mi número de habitación cuando hago una llamada.

Willy la ayudó a sentarse en una butaca y cruzó la habitación hacia el intruso con aire amenazador.

—No me gusta nada que apunten a mi mujer con un arma —dijo, y lanzó la mano hacia delante.

El intruso se preparó para recibir un golpe del enorme puño de Willy. Sin embargo, la mano se detuvo en seco, agarró la barba y tiró de ella con fuerza. Se oyó un grito de dolor cuando el postizo se desprendió de su cara.

La tiró al suelo, agarró al intruso por el pelo y volvió a tirar. La peluca se desprendió. Todos los presentes miraron el rostro del asaltante desenmascarado.

—¡Vaya! —exclamó Willy—. Pero si es el pobre viudo que

vino a esparcir las cenizas de su mujer. Tienes mucha suerte de que no te esparza yo a ti por el océano Atlántico.

—¡Pero bueno —intervino Morrison, con la voz cargada de sarcasmo—, si es el inspector Clouseau de la Interpol! Sabía que eras un inútil. Mi *Queen Charlotte* cuenta con un precioso calabozo, y tú serás su primer huésped.

96

Durante un momento se produjo un silencio absoluto mientras Morrison, Saunders y el capitán Fairfax sacaban a Devon Michaelson a empujones de la habitación. Luego, cuando Willy cerró la puerta, Alvirah corrió hasta el armario y sacó un albornoz del *Queen Charlotte*.

—Celia, estás helada. Abrígate con esto.

La joven dejó que le metieran los brazos en la prenda y notó que se la ataban a la cintura. Comprendió que se encontraba en estado de shock. El recuerdo de intentar sujetarse a la barandilla con el pie mientras empezaba a caer daba vueltas y más vueltas por su mente. Antes de que los brazos de Ted aferraran los suyos y la salvaran de caer, pensó que todo había terminado. Recordaba la sensación del viento frío contra el rostro y los brazos, la siniestra conciencia de que iba a morir. Tratando de desechar el recuerdo, miró a Alvirah, a Willy y a Ted.

—Os agradezco lo que habéis hecho por mí. De no ser por vosotros, a estas alturas estaría intentando llegar a nado hasta Southampton.

—Jamás lo habríamos permitido —afirmó Alvirah—. Y ahora más vale que volvamos todos a la cama.

Willy y ella se dirigieron a la puerta, que Ted cerró cuando salieron.

—Esta vez no pienso aceptar un no por respuesta. Y otra cosa. —Rodeó a Celia con sus brazos—. ¿Te importaría decirme por qué intentabas retirar tus manos de las mías? —preguntó.

—Porque no quería que te cayeras. No podía permitir que te cayeras. Os he puesto a todos en peligro y...

Ted la interrumpió con un beso.

—Ya terminaremos esta conversación en otro momento. Ahora, a la cama. Aún estás temblando.

La llevó al dormitorio y la cubrió con las mantas cuando se acostó.

—Pondré la butaca contra la puerta y dormiré allí hasta que llegue la hora de marcharnos. No me fío de que sean capaces de retener a ese tipo lo que queda de noche.

Celia se dio cuenta de lo mucho que se alegraba de no estar sola.

—No hay objeciones, señor abogado —murmuró mientras se le empezaban a cerrar los ojos.

97

A las siete y media de la mañana, mientras el *Queen Charlotte* comenzaba las maniobras de atraque en Southampton, todo el mundo salvo Willy estaba ya abajo. Cuando corrió por el barco la noticia de que Devon Michaelson, el viudo apenado, era el asesino, la reacción inmediata fue de sorpresa y conmoción.

En la mesa de Lady Em, Yvonne, Brenda y Longworth se miraban los unos a los otros.

—Yo había pensado que podía ser usted —le soltó Brenda al profesor.

—No tengo la fuerza necesaria como para meterla en un armario —replicó este en tono irritado.

Yvonne guardaba silencio. Ahora que se había revelado la verdadera identidad del asesino de Lady Em, Roger sabría que no la había asfixiado para salvarle a él. El barco que lo había rescatado llegaría a Southampton un día después que el *Queen Charlotte*. Si su marido empezaba a contar por ahí que ella lo había empujado por encima de la borda, se defendería diciendo que estaba traumatizado por la durísima prueba que había tenido que afrontar. Y si se ponía desagradable, lo amenazaría con hacer correr el rumor de que se dedicaba a robar a Lady Em.

Celia, que también había bajado al comedor, se sentó en la

silla que antes ocupaba Devon Michaelson, en la mesa de Anna DeMille, Ted y Alvirah. Anna no dejaba de contar cómo se había resistido a las insensibles insinuaciones de Devon Michaelson.

¿Devon intentó ligar con ella?, pensó Alvirah, compasiva. Mantendré el contacto con esta pobre mujer, por supuesto.

Pocos minutos después llegó Willy. Parecía aliviado.

—Alvirah y yo hemos hablado con Ted antes de bajar a desayunar. Nos ha explicado que el collar es una prueba relacionada con el asesinato de Lady Em y el ataque contra Brenda y que tenemos que entregárselo al FBI. La verdad, estaré encantado de hacerlo.

Nadie se entretuvo en la mesa. Todos se habían despedido ya de sus nuevas amistades. La sala empezó a vaciarse cuando los pasajeros se dirigieron a la cubierta principal.

Su avance se retrasó brevemente cuando dos agentes de Scotland Yard detuvieron a los pasajeros que salían. A través de las ventanas, vieron a dos hombres con uniforme del FBI que sujetaban a Devon Michaelson por los brazos, esposados a la espalda. El sospechoso llevaba también grilletes en las piernas, por lo que los agentes tuvieron que ayudarlo a bajar la rampa.

Brenda sacó el teléfono móvil nada más pasar por la aduana. Consciente de que eran las cuatro de la mañana en Nueva York, tecleó un cariñoso mensaje que remató con la frase «Siempre tuya, tu florecilla».

Ted había alquilado un coche que lo llevaría directamente al aeropuerto. Pidió un monovolumen en el mostrador de la agencia e insistió en que Alvirah, Willy y Celia lo acompañaran. Todos habían dormido poco y apenas hablaron durante las dos horas de viaje. Ted había reservado un billete de primera clase para Celia, que se sentaría junto a él en el avión.

Alvirah y Willy pensaban tomar el mismo vuelo, aunque viajarían en clase turista.

—Nunca me gastaría lo que cuestan unos billetes de primera clase —afirmó Alvirah en tono categórico—. ¡La cola del avión llega casi al mismo tiempo que el morro!

—¡Qué novedad! —murmuró Willy.

Le habría encantado estirarse en primera clase, pero sabía que habría sido inútil sugerirlo.

El avión acababa de recoger el tren de aterrizaje cuando los cuatro se durmieron, Alvirah bajo el brazo de Willy y Celia con la cabeza apoyada en el hombro de Ted.

Por algún motivo, la idea de volver y afrontar otro interrogatorio del FBI no le resultaba tan aterradora como unos días atrás. Ted había insistido en ponerse en contacto con el abogado de Celia y ofrecerle sus servicios y los de sus investigadores.

—Somos muy buenos en nuestro trabajo —le aseguró.

Celia supo que todo saldría bien.

Epílogo

Tres meses después

Alvirah y Willy organizaron una cena en honor de Ted y Celia en su apartamento de Central Park South. Fuera se había desatado una tormenta, y una ventisca de nieve cubría el parque. El traqueteo de los coches de caballos y el tintineo familiar de las campanillas, más propio de otras épocas, producían una sensación atemporal.

Dentro, mientras disfrutaban de sus cócteles, los cuatro recordaron la semana llena de aventuras que habían pasado en el *Queen Charlotte*. Fiel a su promesa, Anna DeMille había mantenido el contacto con Alvirah, a quien aseguraba que no podía haber nada más emocionante que aquel crucero, a pesar de «las insinuaciones que me hizo ese ladrón».

—Sigo sin poder asimilar la noticia sobre Devon Michaelson —comentó Alvirah.

La policía europea emitió un comunicado poco después de la detención de Michaelson en el que aseguraba que «La Interpol no tiene ni ha tenido nunca en nómina a ningún empleado con ese nombre. Es evidente que presentó unas credenciales falsificadas. Se está llevando a cabo una investigación para determinar si contó con alguna ayuda dentro de

Castle Lines cuando hizo los preparativos para participar en ese viaje».

—De ser así, rodarán cabezas —aseguró Willy.

Celia se había sentido obligada a informar al FBI de que Lady Em creía que Brenda le robaba sus joyas. Por un lado se compadecía de Brenda, pero, al mismo tiempo, creía que estaba mal dejar que una ladrona quedara impune. Por otra parte, habían detenido y acusado por un delito similar al amigo joyero de Ralphie, el cómplice que había participado en la sustitución de las joyas de Lady Em. Para reducir su pena, se había apresurado a delatar a Ralphie, quien, a su vez, confesó al FBI el papel desempeñado por Brenda en el robo. Esta se apresuró a aceptar un acuerdo con el fiscal.

Los investigadores de Ted habían conseguido desmontar la afirmación de Steven según la cual Celia había conspirado con él desde el principio en el fraude del fondo de inversiones. Habían podido demostrar que Steven había empezado a apropiarse indebidamente del dinero de las cuentas de sus clientes dos años antes de conocer a Celia. Cuando el FBI se reunió con ella, su único interés era que pudiera testificar contra Steven.

En la cena, Ted les informó de las últimas novedades de un asunto que todos seguían con interés. Los periódicos habían publicado que las cuentas de Lady Em se someterían a una minuciosa auditoría. Varios clientes de la empresa de Roger Pearson habían expresado su preocupación acerca de algunas «irregularidades» en el trabajo que Roger había hecho para ellos.

El abogado contratado por Roger había realizado una declaración en su nombre afirmando que «El señor Pearson sufrió una grave pérdida de memoria a consecuencia de su horrible experiencia en el mar, y es posible que no esté en condiciones de defender adecuadamente el trabajo realizado hasta ahora». Junto a él, en la foto, aparecía su amantísima esposa, Yvonne.

—Más vale que nos olvidemos de ellos —sugirió Alvirah, y levantó su copa de champán en un brindis—. Celia, me encanta tu anillo de compromiso. Me alegro mucho por los dos.

El anillo de Celia lucía una preciosa esmeralda.

—Me pareció adecuado elegir esa piedra —explicó Ted—. Al fin y al cabo, lo que nos unió fueron las esmeraldas.

Habían escogido el anillo en Carruthers. El jefe de Celia la había recibido con los brazos abiertos y le había concedido un aumento de sueldo.

Recordó el momento en que Lady Em le dio el collar de Cleopatra. Después de que fuera entregado al FBI, el Instituto Smithsonian había emitido un comunicado reconociendo que Egipto era su legítimo propietario por razones históricas y que debía ser devuelto a ese país. El FBI lo había fotografiado para utilizarlo como prueba en el juicio penal contra Devon Michaelson y ahora iba de camino a casa.

En Nochebuena volarían a Sea Island para pasar una semana de vacaciones con los padres y hermanos de Ted. Celia recordó lo sola que se había sentido aquel primer día en el barco.

Mientras Ted y ella intercambiaban una sonrisa, pensó: Nunca más volveré a sentirme sola.